Opal
オパール文庫

御曹司は我慢ができない
絶倫CEOがずっと寝かせてくれません

栢野すばる

JN140265

プランタン出版

※本作品の内容はすべてフィクションです。

プロローグ

山咲志乃《やまざきしの》、二十六歳、乙女座。職業はＣＥＯ秘書。仕事が命の平凡な女だ。

少なくとも、最近まではそうだった。

『ＣＥＯに個人的に親密になろうとしたり、不必要に付きまとったりしないように。少しでも問題を起こしたら、今までの派遣社員のように辞めさせるからな』

採用された日の、赤倉《あかくら》常務の嫌味な声が、志乃の脳裏に蘇る。

これまでも、何人もの女性秘書が『ＣＥＯ』に迫り、仕事を放りだして色恋沙汰で問題を起こして、会社を去って行ったのだと聞いた。

だから、ちょっと背徳感を覚える。

こんな風に、彼と二人で逢って、肌を重ねるなんて。

見慣れた自分の部屋の狭いベッドの上で、志乃は身体を震わせた。

——お隣に声が聞こえないようにしなくちゃ、我慢して、声を……。

志乃の脚の間に、美しい男が割り込んできた。

琥珀色を帯びたダウンライトを浴び、艶やかな髪が栗色に輝く。

知的な薄い茶色の目には、抑えがたい獣性がにじんでいた。

見据えられると、身体が動かなくなる。

「あ、あの、健生《けんしょう》さん……」

濡れ始めた秘裂には、硬く勃ち上がった杭がわずかに触れている。

焦らすように肉杭の表面をあてがわれ、花弁がヒクヒクと震えた。

彼自身を感じるたびに、冷え切っていたはずの身体に温かな血が巡る。

志乃を見下ろす健生の瞳は、快楽への期待に蕩けかけていた。

きっと、志乃も同じ顔をしているのだ。

お互いにしか見せない、最高に淫らで幸せな顔を……。

「脚を、もっと開いて」

優しい声で紡がれた淫らな命令に、下腹部の熱が膨れ上がる。

火を噴きそうな赤い顔で、志乃はそろそろと自分の膝に手を伸ばした。痩せた手で、両脚を大きく左右に開く。

——は、恥ずかしい……。

たとえ直視されていなくても、こんな場所を自分の手で……そう思うだけで、耐えがたいくらいに恥ずかしかった。

身体の奥がむずむずして、健生の顔を直視できないほど羞恥心がこみ上げる。

「ここに入れていいんだな？」

分かっているくせに、健生は焦らすように尋ねてくる。

「いいんだよな？」

あえて質問を繰り返し、健生は指先で、濡れそぼった花弁を軽くこじ開けた。

ぐちゅぐちゅと音がして、志乃の目に涙がにじむ。

息が熱くて、どんどん何も考えられなくなってきた。

「返事して」

志乃の耳朶に唇を寄せ、健生が囁いた。

秘部を弄ぶ指先はますます激しくなり、志乃は嬌声をこらえて唇を開いた。

「はい、い、入れ……っ……」

秘部を晒す恥ずかしさに、涙がにじむ。

快感に濡れそぼった泥濘《ぬかるみ》から、指先が離れた。

「最近、身体中ふっくらしてきて、可愛いな。腿とか……ほら」

恥じらいをこらえて、志乃も下方にチラリと目をやる。

確かに、健生の言う通りだ。

痩せて血色も悪かった身体は、健生を受け入れるようになってから、変わり始めた。

志乃自身も戸惑うくらい温かく、柔らかく……。

「なったよな？　前から綺麗だったけど、今はもっと……。貪りたくてたまらなくなる」

そう言って、健生は腰を浮かせる。

猛る肉槍に手を添え、志乃が開いた淫泉に、その先端をあてがった。

「んっ」

敏感になった身体は、ほんのわずかな接触にも反応し、揺れる。

たちまち蜜をにじませたそこに、剛性を帯びた楔が、容赦なく沈み込んだ。

隘路《あいろ》を押し開かれる違和感に志乃はかすかに声を漏らす。

「……っ……あ……」

濡れた音と共に、志乃の中がいっぱいに満たされる。

初めて抱かれたときは、戸惑うばかりだったけれど、今ではこの逞しさと熱に焦がれている。

志乃はそっと健生の背中に腕を回した。

広くなめらかで、磨き込んだような背中。

美しい男は、身体の全てが美しい。

陶然となる志乃の顔に、健生が唇を近づけてきた。

同時に、志乃の乳房の先端が、引き締まった健生の胸板に触れた。

「志乃……」

甘く掠れた声で志乃を呼び、そのまま優しくキスしてくる。厚みのある舌が志乃の唇をそっと割り、歯列の隙間に入り込んで、志乃の舌をそっと舐めた。

——健生さん……。

慣れない仕草で、志乃も愛しい男の舌先を懸命に愛撫する。

志乃の不器用な舌遣いに煽られたかのように、健生の身体が熱くなるのが分かった。

からかうようにつついていただけの舌先が、激しい動きに変わる。

志乃の口腔を貪っていた健生が、我慢できないとばかりに、緩やかに杭を前後させた。

「ん……っ」

それだけで、全身が震える。

健生とふれあっている部分全てが、一斉に花咲いたかのようだ。

かすかに身をよじった志乃の手首をシーツに繋ぎ止め、健生は、中を穿《うが》つ動きを速める。

乱れる呼吸を整えるためか、健生がわずかに唇を離した。

「びしょ濡れだな。ちょっとは気持ちいいんだ?」

唇が触れそうな距離で囁かれ、下腹部がますます熱くなる。

「……っ、あ、あぁ……っ」

速度を増す動きに、志乃の喉から、か細い声が漏れた。

肉杭をくわえ込んでいた花洞が、引き攣れるように疼く。

逞しい男に組み敷かれ、繰り返し貫かれて、志乃の身体が淫らに揺れる。

「あっ、だめ、そんなに動いちゃ……あぁんっ」

ぬちゅぐちゅという音がますます高まり、志乃の息を弾ませる。

「ひ、っ、あぁ……！」

だが、抗う言葉を口にするほど、健生は欲情をかき立てられるようだ。

「どうして駄目なんだ？」

中に沈めた熱い楔を深い場所に突き立て、接合部をぐりぐりと擦《こす》り合わせながら、健生が言う。

志乃は目尻に涙をにじませ、開いた脚を震わせた。

「だって……だって……ああ……熱……」

「こんなにいい反応をしているくせに、止められるわけないよな」

意地悪な言葉とは裏腹に、健生の声音はとても優しい。

獰猛《どうもう》に志乃の奥を押し上げていた楔が、再び震える志乃の身体を穿ち始めた。

「や、やぁ……もう、もう……あぁぁ……」

抗うことも出来ずひたすら快楽を刻み込まれ、志乃は弱々しく首を横に振る。

繰り返し擦られる隘路がとめどなく蜜を溢れさせ、淫猥な音をますます強める。

「一週間以上お預けにしたのに嫌だなんて。意地悪だな」

激しい抽送で身体を揺さぶられ、志乃は譫言《うわごと》のように答える。

「あ、だ、だって……生理で……ん……っ」

再び唇を塞がれ、言葉が途切れた。汗の味のするキスのあと、健生が顔をほころばせる。

「ごめん、冗談だ……別に責めてない」

かすかに笑い、健生がまたキスを落としてくる。

打ち付けるような激しい動きに、いつしか志乃の身体もしっとりと汗ばんでいた。

「ん、う……、んく……っ」

「もっと脚を開いて、俺に擦りつけて」

「は、は……んんっ」

志乃は言われるがままに、懸命に身体を揺すった。尖った乳嘴《にゅうし》が健生の胸板に擦られて、身もだえするほどの疼きが走る。

「だ、だめ、これ……これ以上したら……私」

「何が駄目なの？　俺は、このまま孕ませたいくらい好きなんだけど」

「……っ、あ、やぁ……何言って……」

「薬飲むのやめて、俺と子供作る?」

「な、っ、だめ……あぁ……」

——ぴ、ピルは飲んでるけど……どうして、そんなことを……。

涙ぐんだまま、志乃は恋人の口走った物騒な言葉の意味を考えようとした。

だが、思考がまとらない。

再び執拗に奥を穿たれ、志乃は震える脚を、健生の引き締まった腰に巻き付けた。

「は、あ……もう、もう本当に、イッ……あぁ……」

限界が近いことを訴えているのに、激しい打擲音《ちょうちゃく》はやまなかった。淫靡な蜜音を立て、繰り返し志乃の身体を貫き突き上げる。

「ふぁ……あ、硬……んうっ……」

志乃は濡れた顔で息を弾ませ、身体の中で艶めかしい音を立てる杭から逃《のが》れようと身をよじった。

「イくときの志乃、すごく可愛い顔だな」

理性の崩れかけた声で、健生が言う。志乃の身体は、決して逃すまいとするかのように、鋼のような力で押さえ込まれた。

「可愛い」

そうつぶやいた健生の顔には、強い欲情と、同じくらいの強さの好意がにじみ出ていた。

きっと今の志乃も彼と同じ顔をしている。

ＣＥＯと秘書の関係性で、社内恋愛なんて出来れば避けた方が良くて、家柄にも差があって……。

健生を拒む理由なんていくらでもあった。

けれど、こうして肌を許し、隙間なく抱き合っているのは、志乃が彼に強く強く惹かれ、もう離れられなくなっているからなのだ。

「可愛い……志乃……」

志乃の唇が奪うように塞がれた。同時に膣内に呑み込んだ熱杭が、これまでよりはるかに硬く逞しく反り返る。

「あ……はぁん……っ！」

下腹部にじわじわと広がる熾火《おきび》が、一斉に身体中に燃え広がった。

「や、やぁ……やだ、あぁ」

強い絶頂感と共に、志乃の蜜裂が肉槍を食い締める。投げ出された白い両脚は受け止めきれぬ快感にビクビクと震えた。

同時にお腹の奥に、たぎる飛沫《しぶき》がほとばしった。

欲の果ての証をドクドクと注がれ、志乃の蜜路が絶え間なく収斂《しゅうれん》する。

志乃は無我夢中で、健生の背中に爪を立てた。濁流のような快感に押し流されて、もう何も考えられない。

「あぁ、熱い……っ、あぁ……っ」

「……志乃、好き……」

志乃は腕の力を抜き、焦点の合わぬ目を健生に向けた。

完璧に整った顔にはいくつも汗の玉が浮いている。

——私も……大好き……。

志乃は震える手を差し伸べ、そっと愛しい男の汗を拭う。

健生は、志乃と繋がり合ったままの姿勢で、その手を握り、微笑んだ。

「なあ、これからももっと俺に甘やかされてくれる？」

心の底から嬉しそうな表情だ。

彼の笑顔には、相変わらず愛情以外の何も含まれていなくて、恋に無縁だったはずの志乃の心が甘く震える。

——私に、仕事より大事な存在ができるなんて思わなかった。

志乃は息の乱れが収まらぬまま、健生に微笑み返した。幸せそうな顔で、健生がこつんと額を押し付けてくる。

ふれあう肌の全てが温かくて愛おしい。

近くて遠い存在だった彼が、こんなに大事な人に変わるなんて、思っていなかった。

思えばあの日、尊敬する美貌のＣＥＯに『手作り弁当』を差し出されたあのときから、志乃の運命は大きく変わり始めたのだ。

「どうした？」

汗に濡れた顔で、健生が首をかしげた。

物思いにふけりかけていた志乃は慌てて笑い、なめらかな額の汗を、指先で優しく拭ってあげた。

「健生さんは私より忙しいのに、元気だなって思っていたんです」

「志乃といられてご機嫌で、テンションが上がっているからだろうな」

そう言って、健生が頬にキスしてくれた。

「明日の朝、この前のカフェに行こう。何食べようかな。先週食べたメニュー、結構美味《うま》かったから気に入ったんだけど。その後、川に散歩にでも行く？」

何をしていても楽しいと言わんばかりの、明るい声音だ。いつ聞いても力強くて励まされる。

「寒かった？　もっとこっちにおいで」

健生はそう言って、裸の胸に志乃を抱き込んだ。汗の匂いまで愛しく感じ、志乃はうっとりと目を細める。

――これが、私の……初恋……。

許される限り健生の側にいる。そしてどんな未来を迎えたとしても、この人がくれた温かさだけは忘れずにいよう。

そう思いながら、志乃は、健生の大きな身体にそっと腕を回した。

第一章　歯車が回り出した夜

『MT&R《エムティーアンドアール》』社の夜は遅い。朝は……もちろん普通に早い。

――もう十一時……。今日もランチも夕食も、とり損ねちゃってる。あと微妙に頭が痛いような息苦しいような……。はぁ、働き過ぎなのかな。

山咲志乃は、腕時計に目を走らせてため息をつく。

もう、こんな生活を半月ほど続けているだろうか。

気付けばスカートがブカブカで、ぐるぐる回って落ち着かない。

昔からこうなのだ。多忙になると、つい仕事のことしか考えられなくなって、自分の健康維持にまつわる諸々を軽視してしまう。

もうちょっとなら平気、もう少しなら頑張れる。その積み重ねが許されるのも、若いうちだけだと分かっているけれど。

まともに食事も摂らず、好きなお酒も数ヶ月、一滴も口にしていない。仕事に全てを捧げている状態だ。

——え、と……あとは……広報部からリリース文章のチェックバックが届いているから、これを最終フォーマットに直して、CEOにお送りして……。

今をときめく辣腕CEOが急成長させた『MT&R』に転職して一年。

CEO秘書の志乃に任される仕事の量は、増え続ける一方だ。

MT&R社は、日本でも指折りの大企業グループ『宗石《むねいし》グループ』の出資によって作られた、コンピューターサイエンスの先端技術の開発研究を行う会社である。

健生は、宗石グループ会長の次男だ。いわゆる、将来を約束された御曹司である。

だが、独立心旺盛な健生は、実家の敷いてくれた安全なレールの上を進むことをよしとしなかったらしい。

健生はアメリカの大学に留学したあと、日本に戻らず現地で就職した。

超一流IT企業のラボに入所を許され、バリバリ働いていたと聞いた。

——超エリートなんだよね。家柄とか関係なく、ご本人が優秀で……。

そんな彼が日本に戻ってくる羽目になったのは、父親の病気が原因だった。

『余命幾ばくもないかも』と宣言された、病床の父親から『宗石グループのために兄弟で力を合わせてほしい』と頼まれた健生は、アメリカでの生活基盤を引き払って、日本に帰ってきた。

『家族が大変な時に、俺だけ夢を追っているのは子供っぽく思えたからね』

健生はふとした会話のおり、日本に戻ってきた理由をそう話してくれたことがある。

——だけどＣＥＯは、『宗石グループ本社の役員になるのは嫌だ、親の七光りも多少は仕方ないけれどできるだけ自分の力でキャリアを積みたい』って断固主張して、宗石グループが実験的に始めた、小さなベンチャー子会社を引き受けた……。

宗石会長の取り巻きは『健生さんがそのような、小さな会社で苦労なさらなくても』と眉をひそめたらしい。

実際、彼の兄や弟は、グループ本社の幹部候補として研鑽《けんさん》を積んでいるからだ。

健生がＣＥＯに就任したＭＴ＆Ｒ社は、創業当初は十人ちょっとしか社員がいなかった。事務所も都心を離れた下町の雑居ビルにあり、資本金も少なく健生自身が毎日のように営業回りをせねばならなかったらしい。

だが健生は『俺がこの会社を大きくするから今以上の支援はいらない』と言って、小さな小さなＭＴ＆Ｒ社を引き受けたのだ。

宗石グループの子会社とはいえ、当時のＭＴ＆Ｒ社は小さな無名企業だったので、営業で嫌な思いもたくさんしたと聞く。

だが彼は『ＭＴ＆Ｒ社を世界で戦える企業に育てる』と、とても前向きに働き続けた。

そして、その結果は大成功だった。健生が率いるMT&R社は、ほんの七年で、莫大な売り上げを誇る、日本トップクラスのIT企業になったからだ。

――ちなみにCEOのお父様……宗石会長は、CEOが日本に戻られてほどなく元気になられたんだよね。CEOったら、『あれは父さんの仮病だったのかもしれないな。食えない人だからね』って真顔で仰ってたもの。

冗談めかして肩をすくめていた健生の仕草を思い出したら、志乃の口元もほころんでしまった。

――王子様のような方なのに、時々お茶目で楽しいのよね。

あんなにもパーフェクトな人と働けるのは幸運だ。タイミングが良かったのだ。

志乃は、一年前にMT&R社に採用された。

CEO秘書の正社員の募集が開始されたのは、健生の意向だ。だが、採用にあたっては、社内で相当揉めたらしい。

『優秀な秘書が必要だ』と健生が言いだしたとき、常務の赤倉は『これまで、何人の派遣秘書が問題を起こしたと思っているんですか』と反対した。

――来る人来る人、みんな、CEOの玉の輿狙いで、途中から仕事なんか全然しなくなっちゃって、CEOがそれはもう困り果てたって聞いたし。

だが、健生は『優秀な秘書が必要』の一点張りで、赤倉の反対を押し切った。

そして、健生の眼鏡にかない、採用されたのが志乃だったのだ。

——私、今まで問題を起こした人たちのようにはならないわ。CEOの期待に応えて成果を出してみせる。だって私が頼れるのは、私だけなんだもの。

天涯孤独の志乃にとって、仕事は命綱だ。

母は婚外子として志乃を生み、必死に育ててくれた。

だが、苦労が祟ったのか、志乃が六歳になる前に病気ではかなくなった。

——いくらおじいちゃんの助けがあっても、周囲の風当たりが強くて、心労が多かったんだろうな……。

一人娘だった母の分も、と、大事に育ててくれた祖父も、志乃が大学三年の時に天に召されてしまったのだ。

東京《とうきょう》の大学に通えたのは、祖父のお陰だ。一生懸命貯めたお金で、名門女子大に志乃を送り出してくれたのだ。

『じいちゃんがいなくなっても、一人で生きていけるようにしっかり勉強しておいで。きっと身につけた教養が、志乃を一生守ってくれるから』

祖父の言葉は、今でも志乃の宝物だ。

あの言葉を胸に努力を重ね、キャリアのプラスになる会社に入社できた。

——私、もっと頑張りたい。責任もやりがいも山積みだけど、望んで得た大事な仕事だから……。

大きく息を吸い、志乃は本日ラストのメールチェックを開始した。

一通のメールが来ている。スマートフォンの個人メールからの連絡だ。

『来週、宗石さんの出張取り消せないの？　訪問アポに社長同行してほしいんだけど。先方に連れて行くって約束しちゃって。大口顧客なので調整お願いします』

丸投げだ。こんなスケジュールを組んだのは、本人のミスなのに。

だがなんとか調整をしなければ。客を怒らせて損をするのは会社なのである。

――CEOの出張予定は、一ヶ月以上前から営業部と広報部に連絡しているのに。公開スケジュールでも発表している。ちゃんと確認して頂けると助かるのに。

手元のキーボードをにらんでいた志乃は、近づいてきた気配に手を止めた。

「山咲、そろそろ一区切り付けて帰って」

柔らかで艶のある声が頭上から降ってくる。

顔を上げると、健生が、志乃を見下ろしていた。

百八十センチを超える鍛え上げた逞しい身体つき。切れ長の目に見据えられるだけで、彼の中に漲《みなぎ》る力や知性が伝わってくるようだ。

――相変わらず、すごい目力だな。

男性にあまり興味のない志乃が見ても、びっくりするくらいの美形だ。

だが健生は、これほどの美貌でありながら『メディア取材は仕事内容以外はNG。接待でもキャバクラやクラブはNG』を貫き、決して必要以上に目立とうとしない。

隙を見て美女を健生に送り込み、懐柔しようとする人間も何人かいたが、彼は全てバッサリと切り捨てていた。仕事最優先の健生は、スキャンダルに繋がりかねないことは徹底的に排除する。そのお陰で浮いた噂も一切ない。

——付き合う女性は真剣に将来を考えられる相手だけだって、どこかの席で仰っていたと噂に聞いたわ。

この一年、志乃が秘書としてみてきた健生は、真面目で仕事熱心で、公私混同をしない誠実な人だった。

同僚たちは『MT&R社は、CEOの尋常じゃないカリスマのお陰で大成長した会社だ』と言っている。

志乃も、彼らの言う通りだと思う。

——生まれつき、なんでも持っている人……なんだろうな、私と違って。

志乃は改めて健生をじっと見つめる。

光の加減で金色がかって見える柔らかな髪に、切れ長で気品溢れる目元。明るい茶色の瞳は宝石のように透き通り、常にクールで知的な光を湛えている。

「どうしたの？」

不思議そうな健生の声にすぐにはっとなって、志乃は慌ててキーボードから手を離し、姿勢を正した。

だめだ。最近疲労の影響で、事務処理と受け答えのモード切り替えにタイムラグがある。今夜は、頭痛がその状態に拍車を掛けているようだ。

なんとなく視界が狭く感じるのも、疲れているからなのだろう。

「はい、営業部の方が、来週、どうしても社長アポを入れてくれって」

健生が真剣な顔で、志乃のパソコンのディスプレイに表示されているメールを確認した。

「わかった。俺の方から客先に詫びを入れておくよ。来週もどうしても外せない予定で出張に出ていると事情を説明するから」

――CEOが謝罪なさることではないのに……。

眉をひそめた志乃に、健生が言った。

「……俺が謝罪の電話をかけておく。それが一番丸く収まるだろう。本人にはメールで注意しておくよ。他の社員のスケジュールを見て動いてくれって」

おそらく『スケジュールの告知が不完全だったので、ご迷惑をおかけした』と、頭を下げてくれるつもりなのだ。

先方の社長は宗石グループの顔色を気にしているので、許してくれるはずだ。

だが、何も悪くない健生の顔に泥を塗るのは面白くない。

「申し訳ありません、ＣＥＯには何も不手際がおありではないのに」

　志乃の言葉に、健生は首を振り、微笑んだ。こんな夜更けでも、優しい理知的な笑顔だ。疲労なんて微塵も感じさせない態度に、改めて尊敬の念を抱く。

「君はまだ残業なのか？　ずいぶん遅い時間だし、あまり無理をするな」

「はい、早めに作業を終えて帰ります」

　だが、その言葉だけでは彼は離れていかなかった。

　――どうなさったのかな、私、頼まれた作業を何か忘れていたかな？

　表情を曇らせた志乃に、健生が微笑みかけた。

「明日あたり、有給休暇を取っていい。山咲は先週末も出勤していただろう」

　健生の提案に志乃は首を横に振った。

「少し立て込んでいる仕事が落ち着いたら考えます」

　多忙に拍車が掛かっている理由は、もうすぐ、アメリカの巨大企業アランダイン・グループと、健生の父が率いる宗石グループの大がかりな協業が始まる予定だからだ。

　このプロジェクトは、宗石グループ総帥である健生の父親が音頭を取っていて、かなりの金額が動く。

　関連会社であるＭＴ＆Ｒ社も、その恩恵にあずかれるのである。

　この大型プロジェクトだけではない。ＭＴ＆Ｒ社には、他社からの営業アポイントや、商談のオファーも引きも切らない。

注目度も高く、ＩＴ系企業を集めたイベントに健生が招聘《しょうへい》されることも増えた。

そういえば、健生は、明後日もアメリカ出張の予定が入っているのだ。彼のスケジュールに合わせ、今日中に終わらせたい仕事は山ほどある。

それに、この会社は社員が増えたとはいえ、まだまだベンチャー企業だ。秘書の業務も厳密に定義されているわけではない。

志乃の机には、経理関係の書類や、広報関係の原稿も山のように積まれている。どの仕事もきちんと片付けないと、ＣＥＯの仕事が滞ってしまう。

――私の能力だと、ＣＥＯに追いつくためには残業と休日出勤を頑張らないと無理だもの。だけど必要としてくださる以上は、結果を出したい。ＭＴ＆Ｒ社のメンバーにふさわしいと認められたいから……。

だが、志乃の『真面目に働く』という覚悟は、健生に伝わらなかったのかもしれない。

彼は形のよい眉をひそめ、志乃に言った。

「健康管理もビジネスパーソンの大事な仕事だけど。本当に大丈夫なのか？」

「あ……はい……」

痛いところを突かれ、志乃は俯く。

健康管理は、苦手だ。

唯一の家族だった亡き祖父にも『女の子なんだからもっと身体を大事に』とたしなめられていたことを思い出す。

——結論、もっと体力を付けて功率よく仕事をこなせるようにならないと。上司に体調を心配されているようじゃ、まだまだね。

「うちの会社は、仕事量が多すぎるよな、ごめん」

申し訳なさそうに言われて、志乃は慌てて首を横に振る。

「仕事が大変でも私としてはありがたいんです。たくさん色々な経験を積めれば、キャリアの面でも有利かなと思いますし」

「えっ、うちの会社を辞めるつもりなのか？」

予想外に驚いた声で問い返され、志乃は慌てて首を横に振った。誤解を招くような言い方になってしまった。もちろん、まだまだこの会社で働きたい。

「失礼いたしました。いつか転職することになっても、という話です」

「そうか、驚いた。今、君に辞められたら困るからな」

どうやら健生は、志乃の力をまだまだ必要としてくれているようだ。たとえお世辞交じりの言葉であっても嬉しい。

志乃は笑みを浮かべ、健生に尋ねた。

「ＣＥＯはまだ会社に残られるんですか？　もう遅いですけれど……」

「やっとまとまった時間が取れたから、明後日からの出張先で話すスピーチの草稿を書いているところなんだ。実は、明日の朝までにチェックに出さないと駄目だって広報部に怒られていてさ」

そう言って、健生が悪戯っぽく笑った。

さりげない表情まで魅力的で、美男子はずるいと思ってしまった。だが、秘書としてふさわしくないことを考えてしまったと、慌てて打ち消す。

「スピーチは英語でなさるのですよね。長さは五分ほどでしたっけ？」

「そう。結構長いから、作成に時間が掛かってしまって」

健生の書く文章は、基本的に修正など必要ないほど立派なものなのだが、企業の代表の発言となるので、更に念入りにチェックをかける必要があるのだ。

広報部チェックがまだと言うことは、かなりギリギリまで手を付けずにいたのだろう。

――明後日のアメリカ出張準備で目が回るほどお忙しいし、来週も福岡《ふくおか》出張がおありだし。私なんて目じゃないほどのハードスケジュールだから、頑張ってサポートしなくては。

そう思いながら、志乃は健生に尋ねた。

「今回の出張もお一人ですよね。予約したホテルの場所が毎日違うのですけれど、よろしいのでしょうか？」

「ああ。営業先とは打ち合わせが夜中まで続きそうだし、あの辺のハイウェイを夜中に移動するのは危険だから、商談場所から近い場所にしたんだ」

健生はアメリカ暮らしが長いので、現地の治安情報をしっかり把握しているようだ。ついでに言えば、自分でレンタカーを借りて移動する気らしい。

——CEOは、何でもご自分でできてしまうから。私ももっとお助けできればいいんだけれど……。

かなりのエリートでも、普通は一人で海外企業との交渉に赴くなんて尻込みしてしまうものだが、健生は全く問題にしていないようだ。

海外の商習慣はしっかり身についているし、英会話にも何の不安もないのだろう。

——ハイスペック人材すぎて、こうして日頃、気さくに声を掛けてくださるのも信じられない……というか……。

長野《ながの》の田舎でトンボを追って育った志乃とは、背景からして大きく違う。

だが、彼の境遇にひたすら『すごい、すごい』と感心していても仕方ないので、そばで働くチャンスがあるうちに、色々勉強して、もっとスキルやキャリアを磨こう。

——ううん……頭痛いのが治らない。気分転換にコーヒーでも飲んでみようかな。

志乃は立ち上がって、それでもなお二十センチ以上背の高い健生を見上げた。

「リフレッシュルームで何か飲み物を貰ってきます。CEOの分もついでに何かお持ちしますけど、何になさいますか？」

「お、いいな。一緒に行こう」

王子様のような爽やかな笑顔だ。志乃はかすかに頬を赤らめ、首を横に振った。

「CEOは原稿を。アイスコーヒーでよろしいでしょうか?」

立ち上がった拍子にぐるっと回ったゆるいスカートをごまかしつつ、志乃は尋ねた。

「確かに原稿を進めないとな。じゃあアイスコーヒーを頼める?」

志乃は頷いて、フリードリンクのマシンが置かれたリフレッシュルームに向かった。

頭痛がひどくなる一方だ。気持ち悪いし息苦しい。だが、空腹のせいだろう。何か飲めば良くなるはずだ。

リフレッシュルームは消灯されていて暗かったが、ドリンクサーバーの電気は点いていた。色々な種類の飲み物が無料で飲めるのだ。

MT&R社の福利厚生はかなり良い。

志乃が新卒で入社した大手のメーカーも悪くはなかったが、この会社は少数精鋭をモットーにしている分、様々な部分で手厚いのだ。

——能力の高いエンジニアは、ちょっとでも待遇が悪いとすぐに辞めてしまうっていうし、フリードリンクくらいは競合他社でも当たり前って聞い……って……あれ? 何これ、気持ち悪……。

ドリンクサーバーに紙コップをセットしたとき、息苦しすぎて全身が痛くなってきた。

吐き気と共に、目の前がぐるぐるする。

――え、え……っ、何これ……いきなり動けな……。

視界がざあっと砂嵐で覆われ、志乃はマシンの前にうずくまった。だが、灰色の砂嵐は消えない。身体中に冷や汗がにじみ出した。

――貧血……かな……こんなにひどいの初めて。

うずくまっていた志乃は、そのまま床に尻餅をついて、ドリンクサーバーの置いてある棚にもたれかかった。

――座っていれば治まるだろうし、ちょっと、じっとしてみよう。

志乃は指先で、大量の冷や汗を拭う。数分以上は優に経過したが、まるで回復の兆しが見えず、絶望的な気分になってきた。

真夜中なので、リフレッシュルームに飲み物を取りに来る社員もいない。

ガンガン痛む頭を押さえたとき、誰かが近づいてくる足音がした。

うずくまっている姿など見られたら心配をかけてしまう。そう思ったが、動けない。

「どうした?」

驚いた声で問われ、同時に志乃のそばに誰かがかがみ込む気配がした。

「あ、す、すみませ……ん……ちょっと目眩が……」

「具合が悪いのか?」

肩で息をしていた志乃は、ようやく声の主に思い当たる。

——CEO……。

彼は、あまりに戻ってこない志乃の様子を見に来たのだろう。

「大丈夫です」

言い慣れた台詞だけはハキハキと出てきた。だが、健生は少しも納得してくれなかったようだ。

「いや、大丈夫ではないだろう？　こんなときまで無理するな」

案じるような声と共に、志乃の腕が掴まれた。身体が軽々と引っ張り上げられる。

「そこの椅子に座って。机にもたれている方が楽だと思うから」

志乃は頷き、健生に支えられながら、よろよろと片隅の打ち合わせ机に腰を下ろした。

そのまま机に突っ伏して、目の前の砂嵐が去るのを待つ。

——駄目、なかなか治らない……。

脂汗が引かない。気分の悪さに黙って耐えていた志乃は、しばらく経って、はっとなる。

多忙な健生を引き留めたままだからだ。

「ちょっと目眩がしただけなので大丈夫です。ＣＥＯは、お仕事に戻ってください……スピーチライティングの締め切りが……」

頭を持ち上げられないまま、言い終えて目を瞑る。再び、どれくらい時間が経ったのだ

ろうか。耳鳴りまでしてきた。少しも良くならない。

「山咲、車には乗れそうか？」

健生の声に、志乃は再び目を開けた。どうやら、忙しいのに志乃に付いていてくれたようだ。仕事の邪魔をしてしまい申し訳なくなる。

「移動に耐えられそうならタクシーを呼ぶ。夜間病院を調べたから今から行こう」

「いえ、貧血なので大丈夫です。落ち着いたら電車で帰ります」

そう答えながらも、これはいつ治るのだろうと考える。まだ頭を持ち上げられないので、顔を傾け、ぼやける目を、腕時計に向けた。

――あっ、あと三十分で出ないと、終電が……ない……！

地下鉄は終電でも人が多い。座って帰るのは無理そうなので、確かに、料金はお財布に痛いがタクシーを使うしかない。

深夜残業の多いエンジニアと違い、事務職採用の志乃には、会社から配給されるタクシーチケットがないのだ。

――駄目……とにかく、落ち着くまでじっとしていよう。

「タクシーで俺が送っていくよ」

ごく自然に言われて頷きそうになり、志乃は脂汗にまみれた顔を上げた。

――多忙なＣＥＯに送って頂くなんて、ありえません。明後日からアメリカなのに。

なんとか起き上がれる。あと一時間くらい休めば、自力でタクシーを呼んで帰れるだろう。家に帰り着いて朝まで寝れば、きっと治る。

「あと十分でタクシーがビルの下に着くらしいから、デスクを片付けてくる。ちょっとだけそこで待ってて」

「あ、あの、本当に大丈……」

立ち上がれない志乃の制止を無視して、健生は部屋を出て行った。

――ど、どうしよう。秘書のくせに社長の業務を邪魔してしまうなんて。

最悪な体調の中、同僚とのランチで冗談半分に出た話題を思い出す。

『宗石さんの時給って、五万くらいかな？』

『もっとじゃないの？』

『でも、ご実家も雲の上の一族じゃん。お給料が出なくても困らなそうだよね』

もっと稼ぎたいよね、という話の流れで何気なく出た話題だった。

志乃はその会話には参加しなかったけれど、健生が本物のセレブで、一流のビジネスマンなのだと言うことは改めて実感できた。

ＭＴ＆Ｒ社のＣＥＯの時間は、洒落にならないくらい貴重なのに。

――本当に、どうしよう……。

気分の悪さとは別の冷や汗が、志乃の全身に噴き出した。

「そろそろ車が来るけど、一階まで下りられそうか」

帰り支度を調え、志乃のバッグを手にした健生が、リフレッシュルームに顔を出す。

志乃はふらつきながら立ち上がった。

「失礼」

片手に自分と志乃のバッグを二つ持った健生が、よろよろしている志乃の腕を取り、軽々と支えた。

貧相な自分自身との体格差に、置かれた状況も忘れ、一瞬だけ心拍数が跳ね上がった。

「申し訳ありません、CEO」

「謝らなくていい、体調不良の時はお互い様だ」

気付けば、エレベーターホールにたどり着いていた。自力で歩けている気は全くしないが、健生の腕力に支えられて、なんとか移動できてほっとする。

エレベーターに乗り込み、志乃は目を瞑った。脂汗が引かない。

――もう、大学生の頃みたいに身体を酷使できないのかも。

そう思いながら、志乃は健生に促されるままに必死に歩き、タクシーに乗り込んだ。あとのことは、朦朧《もうろう》としていてよく覚えていない。

健生が付き添ってくれているのに眠ってはだめだ。そう思っていたが、タクシー運転手に自宅の住所を告げたあとに、気を失ってしまったようだ。

気付けば、見慣れたマンションの前に着いていて、健生に揺すり起こされていた。

——あ、私……ＣＥＯに思い切り寄りかかってしまって……。

シートベルトでは身体を支えきれず、頭を健生の肩にもたせかけて眠っていたようだ。

鼻先に健生の纏う爽やかな香りが漂っている。

体調の悪さも一瞬だけ遠のいて、志乃は頬を赤らめた。だが健生はまるで気にした様子はないようだ。もたれてしまったのも、きっと一瞬だったに違いない。

「こんな時間だから家の前まで送るのは遠慮するけど……辛ければ肩を貸そうか」

あくまで健生は真面目で紳士で健全だった。

——会社では頼れるＣＥＯそのものだけど、エスコートも王子様みたい……。

歴代秘書がのぼせ上がってしまった理由も、共感は出来ないが若干分かる。

何をしていても、健生は息をするように自然に格好いいのだ。

宗石家の御曹司という育ちの良さと、生まれつきの優しく真面目な性格が相まって、とんでもないイケメンになってしまったのだろう。

「大丈夫です、自分で……」

喋るのも辛くて、志乃は目を伏せる。車から降りて立っただけで、再びとてつもない息苦しさが襲ってきた。

——貧血、治らないな。

肩で息をする志乃の様子に、健生が言った。

「やっぱり家まで送る。夜分に申し訳ないがドアの前まで行く」

カードでタクシーの精算を終えた健生が、志乃の荷物を持ち、身体を支えて歩き出す。志乃はもうふらふらで、機械的な受け答えがやっとだった。

家の前についたあたりからは、もう何も覚えていない。

玄関で膝から崩れ落ちそうになって、抱き留めてもらったような記憶があるが、事実なのかさえ分からない。

そのあとも水を飲むかと聞かれたり、誰かと喋った気がする。苦しかったけれど、誰かに見守られていたような、不思議な安心感があった。

――おじいちゃん……？　そこにいるの……？　私、おじいちゃんが庭で作ってたミニトマトが食べたいな……。

夢見心地の志乃の耳に、ふと、男の声が届いた。

「本当に大丈夫だな、病院に連れて行かなくて」

低く艶やかな声で尋ねられ、志乃は半覚醒状態のまま、無言で頷く。頭の片隅で祖父の声ではないな、とぼんやり考えた。

「あとでメールする。返信がなかったら、誰かに様子を見に来させるから……とにかくそんなにフラフラになるなんて尋常じゃない。分かったか？」

志乃は再び頷きかけ、あまりの驚きにパチッと目を開けた。

——え……？　どうしてＣＥＯがいらっしゃるの？

自分の状況に気付いた瞬間、完全に覚醒した。見慣れた自室のベッドに寝ている志乃の視界に、健生の整った顔が飛び込んでくる。

なぜ、彼が家にいるのだろう。

——私を運んで、寝かせてくださったあと、お帰りにならなかった……の……？

状況を把握した志乃は、慌てて重い身体を引きずり起こし、ベッドを降りた。

「へ、部屋まで運んでくださったんですね。ご迷惑をおかけして、本当に申し訳ありませんでした。もう大丈夫です。貧血と過労だと思いますので」

「わかった。大丈夫ならいいんだ」

「す、すみません、本当に、ご心配をおかけして」

「とりあえず落ち着いたようだから、今日はもう失礼するよ」

そう言って健生が志乃に背を向ける。

「こんなに遅い時間まで……本当にすみません……」

健生の広い背中を追いながら、志乃は謝罪の言葉を口にした。時計を見れば、もう一時過ぎだ。ただでさえ忙しい彼に迷惑を掛けてしまい、心が苦しくなる。

玄関で靴を履きながら、健生が言った。

「明日は休みをとって。最近顔色が良くないと思っていたし、心配だからね」

志乃の心の片隅に、健生の気遣いに対する感謝が浮かぶ。

だが、志乃は素直な感情を慌てて打ち消した。

彼は多忙なCEOだ。暢気《のんき》に『心配してくださって嬉しい』なんて考えてはいけない。

きっと彼が求めているのは再発防止だけのはずだ。

——秘書不適格だと思われたら積み上げてきた信頼がゼロになってしまう。

自分にそう言い聞かせた刹那《せつな》、健生の好意を素直に受けとれない自分を悲しく思った。

だが、ビジネスマンとしては正しい反応のはずだ。

「いいえ、もう大丈夫です。ご心配をおかけしました」

靴を履き終えた健生が、ゆっくりと志乃を振り返る。

「そんなにガリガリの身体で大丈夫アピールをされても信じられないな」

ひどく冷たい、突き放すような口調だった。

志乃の『大丈夫です』という返事に、強い不満を覚えたようだ。

——そうだよね、こんなにも迷惑を掛けてしまったのに『大丈夫』なんて、口から出任せにしか聞こえないもの……。

呆れられ、信用を損なってしまったかもしれない。

冷ややかな気配に身体を強ばらせたとき、健生がもう一度志乃を振り返った。

「アメリカから戻ったら、一緒に君のヘルスケアプランについて考えよう」

「えっ？」

「……君は少し、他人に甘やかされた方がいいな」

彼の言葉の意味が分からず、志乃は目を丸くする。

慌てて聞き直そうとしたが、呼び止める間もなく健生は家を出て行った。

重たい音を立てて閉まった鉄の扉の前で、志乃は呆然と立ち尽くした。


結局、志乃は、一日休みを取り、なんとか回復して出社した。

健生はアメリカに無事旅立ったらしい。引き継ぎ指示のメールを確認する限り、スピーチ原稿も間に合ったようだ。

これから、たったの四日で日本とアメリカを往復するなんて、とんぼ返りのハードスケジュールである。

——CEOの方こそ倒れないでほしい。日本に戻られたあとのスケジュールに余裕が作れないか見ておこう。お休みを取って頂かないと。

だが健生は『会社のプラスになるならば』と、どんなハードスケジュールにも嫌な顔一つしない。

一年中、営業を兼ねて、日本だけではなく、世界を飛び回っている。筋金入りの御曹司なのに、よく働くな……とつくづく思う。

宗石グループのオーナー一族のご子息なら、もっと、名誉職的な立場でゆったり暮らすことも出来るだろうに。

——私は、天涯孤独の自分を養うために努力をしているけれど、CEOはなんのためにあんなに頑張っていらっしゃるのかな。

健生のことを考えかけ、志乃は慌てて『必要以上に彼のことを知りたくなる心』にロックを掛けた。

一年一緒に働いているが、あまり健生のプライベートな話を聞いたことはない。

もちろん健生が何気なく話題にするときはある。だが、志乃からは、世間話や仕事に関する話題、会社で気付いたことしか話さずにきた。

近づきすぎると、引き込まれそうな魅力があるからだ。魅力あふれる男性が上司の場合は、きちんと線引きをしないと危ない。

健生と働くようになって、志乃は心からそう感じている。

——そういえば、帰り際に仰ってた話、なんだろう。私のヘルスケアプランって。健康を気遣うために、何か課題を出されるのかな。ジムに行きなさいとか。運動は苦手なのよね……。でも、指示通りにしないと、秘書としての評価が下がるかもしれないし。

不安できゅっと唇を嚙んだとき、明るい声が聞こえた。

「おい、不健康な顔色してるけど大丈夫か？」

からかい交じりの声に、志乃は振り返った。人気《ひとけ》のない廊下で志乃を呼び止めてきたのは、エンジニアリング部の綿貫《わたぬき》だった。

「あ、よし君……じゃなかった。綿貫さん、おはようございます」

「いいよ、よし君で。お前が畏まってると、変な感じする」

「会社だからけじめを付けたいの」

志乃は小声で綿貫に抗議する。

綿貫良樹《よしき》は、志乃とは同郷の幼なじみだ。早世した志乃の母と綿貫の母は、歳の差はあれど、幼なじみの親友だった。

そのこともあって、実家にいた頃はしょっちゅう綿貫やその家族と顔を合わせていた。

母が亡くなったあとも、綿貫の家族は志乃を気遣ってよく夕飯に呼んでくれたりしたのだ。

だが、綿貫に対する恋愛感情は昔から全くない。

小さい頃は子供っぽい意地悪もされたし、よく喧嘩もした。過剰に仲が良いわけでもなく、ただの幼なじみなのである。

綿貫は、地元では『綿貫さんちの頭がいい息子』として有名だった。

地元の高校から国立の難関大学と大学院を卒業後、通信系の研究所に新卒で入社したあと、MT&R社にヘッドハントされたエリートである。

この会社が秘書を募集していると教えてくれたのは、彼だ。

『東京で暮らすならもう少し給料上がったほうがいいだろ？　ダメ元でうちの会社の面接だけでも受けないか？』

彼は、天涯孤独な幼なじみが、お安めの給料でピーピー言いながら暮らしているのを心配してくれたようだ。

面接や採用試験をパスできたのは志乃の実力だけれど、彼のお陰で、この会社を知る切っ掛けを得た。

それだけではなく彼は、志乃の大学時代からの親友の婚約者でもあるのだ。

綿貫と、親友の佐藤亜子《さとうあこ》を引き合わせたときのことは今でも忘れない。

あれは、志乃と亜子が大学生の時だ。就職が決まった綿貫に『メシ食おうぜ』と呼び出され、『友達も一緒に行っていい？』と尋ねたのが切っ掛けだった。

出会った瞬間、時が止まったかのように見つめ合っていた、亜子と綿貫の顔が忘れられない。

あれから七年経つが、二人は未だに熱烈な恋人同士だ。先月から同棲を始めて、もうすぐ結婚式を挙げる。

「亜子が何か言ってたの？」

「山咲がちゃんと元気か見ててくれって言われてるんだよ。あの忙しい会社に、志乃を引っ張り込んだのは、あんたなんだからって」

綿貫が照れたように頭を掻き、言った。

「あと、田舎のお袋にも『志乃ちゃんの婿さん探してやれ』って言われてるんだけど。お前さ、あんまり周囲に心配掛けまくるなよ」

「大丈夫よ、家でしっかり食べてるから。それから『頑張って東京で婚活するから心配しないで』っておばさんに言っておいてくれる？」

そう答えると、綿貫が笑い出した。

「宗石さんも心配してたぞ、お前を働かせすぎてるかな、って」

「え……？　綿貫さん、ＣＥＯとそんな話までするの？」

やはり、健生から見た志乃は『健康管理がなっておらず、直接指導が必要な社員』という評価なのだろうか。

「あれ？　お前、何か悩んでる？」

綿貫は意外と鋭い。慌てて首を横に振ると、彼は腕組みをして志乃に言った。

「宗石さんに話してみれば？　あの人、ちゃんと聞いてくれるよ。ランチとか誘ってみたらどうだ。良ければ俺が声かけてやろうか？」

エンジニアとして頭角を現している綿貫は、健生とも親しく会話をする機会も多いのだろう。

だが、志乃にとって、ＣＥＯは気軽に雑談目的でお昼に誘えるような相手ではない。志乃が彼と食事に行くのは、接待への同行や、ランチミーティングを提案されたときだけだ。

志乃は慌てて首を横に振った。

「平気！　ＣＥＯの時間を割いて頂くほどのことは何もないから！」

「え、そんなに全力で拒んでやるなよ、宗石さんが可哀相だろう？」

綿貫の唖然とした顔に、志乃はいぶかしさを覚えた。

「何……どうしたの、よし君……？　可哀相って？」

「そういえば宗石さん、この前、営業部のヤツに『山咲は顔はいいのに生意気で残念。女のくせに可愛げ不足』って言われて静かにキレてたぞ。言った本人は宗石さんが反論しないのをいいことに、お前の文句言いまくりだったけどさ」

「……何の話？」

志乃が、華やかでハイキャリアな営業部の男性陣から、陰で『地味子ちゃん』と呼ばれているのはとっくに知っている。

『地味子ちゃんを突破しないと、ＣＥＯに無茶なスケジュールをねじ込めないから正直ウザいよな』とも。

だが、志乃とて負けてはいない。

ちょっと強圧的に『営業が稼いでるんだからな。秘書は俺らに気を利かせろよ』と言われたくらいで引いたりはしないのだ。

——だから可愛くないって言われるのか。でも、仕事だし……何を言われても別にいいわ。

志乃は真剣な表情で綿貫に宣言した。

「外見が地味だからって、気まで弱いわけじゃないもの。営業のイケメン高学歴な皆様に何を言われても、秘書としての業務は遂行しますので」

「いや、俺が言いたかったのはそこじゃないって。相変わらず鈍いなお前は」

綿貫に鈍い、鈍くさいと言われるのはいつものことだ。根は優しいくせに、普段、志乃に対しては口が悪いのである。

「俺が言いたかったのは、宗石さんがお前を悪く言われて……あ」

綿貫の言葉が終わる直前、廊下の向こうからエンジニアリング部のリーダー職の男性が、営業部の若手社員と一緒に歩いてくるのが見えた。

「綿貫君、ミーティングだよ」

「あ、はい、今行きます。じゃあな山咲、お前マジで、ぶっ倒れるまで働きすぎるなよ？亜子と宗石さんが心配するからな」

「分かりました。ありがとうございます」

綿貫とリーダーに一礼し、志乃は自分の席へと足を向ける。

昨日休んでしまった分の仕事も取り返さなければと思い、気合いを入れ直して椅子に腰を下ろす。

——さてと、アランダイン・グループの関係者や重役を迎えてのレセプションに、うちの会社から出席するのは、と……。


再来月、MT&R社に出資している宗石グループが、アメリカの巨大企業アランダイン・グループとの協業祝いのパーティを開くことになったのだ。

MT&R社からも、健生を始めとした役員や、先方とのプロジェクトにアサインされる予定のメンバーが出席予定である。

健生は『宗石グループの宴席のたびに、うちの社員まで呼びつけないでほしい』と乗り気ではないが、出席者の大半は『レセプションは毎回食事が豪華』と喜んでいる。

秘書としてはCEOの出席に備え、顧客リストをチェックして、しっかり準備を整えねばならない。

——細やかな作業が続くから、ミスしないよう気をつけなくちゃ。関係部署への手配は早めに。出席予定の社員の方にも、同じくなるべく早く案内を出さないと。

志乃は真剣な顔でキーボードを叩く。

――仕事だけは私を裏切らない。頑張ろう。

体調も回復したお陰で、やる気が漲ってくる。志乃は緩み始めた髪を結び直し、パソコンのディスプレイに表示される内容に集中した。

◆

今日は日曜日の夜だ。

志乃を家まで送ってから一週間弱が経つ。

アメリカ出張から戻ったばかりの健生は、空港からのタクシーの中で腕組みしていた。

――週明け、山咲と何を話そうかな。

己の思いつきのフォロー案を考えながら、健生は目を閉じる。

時差で疲れ切った頭に浮かぶのは、志乃のことだけだった。

――多分、山咲は、突然俺に距離を詰められても、驚くだけだ。これまでに俺が取ってきた遠回しなアプローチは、何一つ彼女に気付かれていない。

健生は運転手に聞こえない程度の小さなため息を吐いた。

本当は志乃が倒れてしまったことだって、心配で心配でどうしようもなかったのだ。

だが『勤め先の上司』である以上、あまりプライベートに踏み込めない。

アメリカから、会社の志乃のアドレスあてに『体調は大丈夫ですか』とメールを送ったが『問題ありません。先日はご多忙の中、ご心配をおかけしました』と他人行儀な返事をもらい、そうだよな、と思わされたところだ。

——どうすれば俺は、ただの上司以上になれるんだろうな。無理……かな。

健生は再びため息を吐く。今度は少し、大きくなってしまった。

志乃は、MT&Rが初めて採用した『秘書職』の社員だ。優秀だし真面目だし、入社試験の成績も面接結果も問題なかった。

だが、採用に当たっては、常務の赤倉が反対した。

赤倉は、父の会社から『お目付役』でやってきた人物だ。

彼は頭がとても堅くて、宗石グループへの忠誠心が熱い。

MT&Rを立ち上げたばかりの頃は、『健生さんは、将来、宗石グループの重鎮になられるのだから』と、親身に指導し経営相談にも乗ってくれた。

まだ二十代で会社経営のイロハも分かっていなかった健生は、彼のお陰で何度危機を脱したことだろう。

根本的にあまり気は合わないのだが、間違いなく恩人なのである。

だが、その『気が合わない』部分が、最近致命的に『無理』になってきた。

『山咲志乃は親がいないようですよ。身元保証人も近所の人だとか。まともな親族もいないんだな。前の会社は、成績優秀なお陰で、教授推薦で入社できたみたいですけどね。育ちが良くない人間をCEOのおそばに近づけるのは反対ですね。秘書職なんて派遣を雇えば十分なのに……』

偏見に満ちた赤倉の言葉を思い出すと頭痛がする。

バックオフィスに有能な人材を、と主張する健生と、必要ない、置き換えのきく人材で十分だと主張する赤倉の論争は、ずいぶん長く続いたのだが……。

――赤倉さんの勧め通りに採用した派遣の秘書さんは、みんな仕事量に音を上げて、契約更新せずに辞めてしまったんだよな。困ったことに、辞めたあとも俺に付きまとって警備員沙汰になってしまった人もいた。そういえば、勤務中に俺のコーヒーに何かを勝手に入れて『媚薬なんです』とか言ってた人もいたような……俺は昔から、ちょっと問題のある女性に好かれることが多くて……。いや、うん、もう忘れたいな。

健生は、新しく採用する社長秘書に対して、エンジニアたち同様、高い適性と能力を望んでいた。だからこそ、性別も年齢も関係なく本人の能力と人格を厳しく選定し、採用したかったのだ。

結果、強引に志乃の採用を決めて正解だった。

会社にとっても最高の選択だった。

志乃は仕事の仕切りが的確で、自分で仕事を探してテキパキとこなしてくれる。

顧客や関係会社からの評判も『新しい秘書さんは安心できる』と上々だ。

社員も『CEOに頼みたいことは、山咲さんに頼んでおけば的確に処理してくれる』と、彼女に信頼を寄せるようになった。

一部の人間は『志乃は口うるさすぎる、厳しすぎる』と文句を言うが、それは志乃が、健生の方針通りにきっちり動いてくれているからで、彼女が勝手な振る舞いをしているせいではない。

二十六歳になったばかりの志乃は、健生より七つ年下だ。

——俺は二十六の頃、あんなに責任感があっただろうか。一生アメリカで、好きなIT技術の研究開発職にいそしみたい、他のことなんて関係ないと思っていた気がする。父さんが倒れなかったら、今でもあんな自由な暮らしを続けてたんだろうな……。自分のことだけを考えて、自分の好きだけを追いかけて。

父は奇跡的に回復したが、もうアメリカに戻って好き勝手しようとは思わない。

小さなMT&R社を育て上げた苦労のお陰で、周囲に抱く感謝の気持ちが、昔よりはるかに大きくなったからだ。

自由を追うのとは別の喜びを、仕事に感じるようになった。

二十代の健生は自由にも体力にも、それから実家のお陰で経済的にも恵まれていて『自分が主役で、他の全ては自分の背景』だと思っていた。

だが、今は違う。色々な人に支えられていることが分かって、多少なりとも変わることが出来た。昔よりは人間としてまともになってきたのだろう。

そんな中、志乃と出会い、一緒に働くようになった。

――どんな立場同士であれ、この人は裏切らないと思える相手は、とても貴重なんだ。山咲は俺にそう思わせてくれた。

もちろん他にも、信用できるし頼りになると思える相手はたくさんいるのに、彼女にはとりわけ心許せるような『何か』があった。その感情の名前を健生は知らない。たとえるなら、特別に相性がいいということなのだろうか。

健生は、どうすれば志乃がずっとMT&Rで働いてくれるかと考え始めるくらいに、頼りにするようになっていった。

だが健生が彼女を頼りの綱としている一方、志乃は一度も誰にも甘えない。山のような荷物を背負って、健生に必死に付いてきてくれる。

いくら賢く芯がしっかりしているとはいえ、まだ二十六歳の女性だ。色々な仕事を引き受けて途方に暮れることもあるだろう。

だから健生は、忠実で代えがたい秘書である彼女に、何度も申し出た。

辛かったら率直に言って貰えば、俺が君の負担を分担するからと。

だが、差し出した健生の手は取ってもらえないままだ。

明らかに疲れた顔をしていても、他の社員から理不尽なことを言われた時でさえ、自分の中で綺麗に処理して、控えめな笑顔を見せるだけ。

雇った当初は『掘り出し物の人材に出会えた』と思っていたけれど、そのうち、どうすれば、志乃は『俺』を頼ってくれるのだろうと思うようになっていった。

――公私の線を踏み越えたいと思っているのは、俺の方だけなんだろう。

CEOとしての『宗石さん』ではなく、自分自身が頼られたいと考えるなんて。健生は志乃を女性として意識しているのだ。

――俺の日常から、君がいなくなるのは嫌だ。

自覚したあとから、健生は、分かりにくくて涙ぐましい努力を始めた。

残業のとき『空調が寒い』と震えている志乃にしょうが紅茶を差し入れてみたり、特に話もないのにリフレッシュルームに飲み物を取りに行こうと誘ってみたり。

CEOの立場で彼女に何かを強いれば、ハラスメント行為になる。だから、積極的に距離を詰められなかったのだ。

だが志乃の態度は、匂わせる程度のアピールでは全く変わらなかった。

彼女から個人的な見返りを求められたことは一度もない。冗談めかしてコーヒーの一杯でも奢ってほしいとか、それすらないのだ。

――山咲の身体、とても軽かったな……。

この前、志乃が倒れて、タクシーで送っていった夜のことをふと思い出した。

もたれかかってくる志乃は軽く、服越しにも分かるほど冷え切っていた。自分を常に支えてくれる志乃の体つきの儚さに、胸が痛んだことが生々しく蘇った。思わず肩に手を回して抱き寄せたくなったことも。

だが、そんな真似は出来なかった。無断で健生から触れるなんて、ハラスメント行為だからだ。

——彼女はなぜ、無理をしすぎるんだろう。俺の対応が良くないのかな。

悶々と志乃のことを考えているうち、車の揺れに誘われてうたた寝していたようだ。

健生は、浅い眠りの中、夢を見た。

志乃が、上長にあたる総務部の部長に付き添われて、挨拶に来る夢だ。

『結婚が決まったので、近いうちにこの会社を退社します』

綺麗な顔に他人行儀な笑みを浮かべて、志乃が健生に頭を下げる。

その隣では総務部長が『優秀な彼女に去られるのは残念ですが、新しい人生を応援したいですな』なんてご満悦顔で口走っている。

——はあ？　聞いてないぞ！

そう叫びたかったが、夢の中の健生はギリギリで踏みとどまった。

『そ、そうなんだ……お相手は……どんな……』

声を絞り出そうとした健生は、言葉をとぎらせた。

衝撃が大きすぎて声がうまく出ない。

夢だと頭のどこかでは分かっているのに『吐きそう』と思うほどショックを受けた。

お相手は俺よりマシな男なのか、という台詞を呑み込み、健生は口を開く。

『どんな相手でも許さないからな。絶対に会社は辞めさせない、俺の側にいろ。俺よりいい男なのか、その男は。許さない』

――バカ、よせ、やめろ、どんなセクハラパワハラCEOだ……！

口を押さえると同時に、健生はタクシー運転手の声で目覚めた。

「お客さん、ここ右でいいんですよね？」

「……え、あ、ああ、はい。この交差点を右で」

答えながらも、夢で良かったと心から安堵した。

タクシーに揺られつつ、健生は拳を握る。

だが、あの夢は、きっといつか現実になる。

彼女が誰かのものになり、健生の元を去って行く日が来るのだ。

『おめでとう』『お幸せに』『今までありがとう』

どの台詞も死んでも言いたくないのに。

――いつの間にこんなに、うなされるくらい、彼女を……好きに……。

自分を信じて付いてきてくれる社員に報いてやりたい。

ＭＴ＆Ｒを競合他社に負けない企業に育てたい。

社会的意義のある、立派な企業にしたい。

そう思い、ここ数年突っ走ってきた。当然、恋愛なんて二の次で、する気にもならなかったのに……。

恋愛は、自分の意思で始めたり終わらせたり出来るような、簡単なものではないようだ。

タクシーを降り、健生は涼しい秋の夜の空気を吸い込んだ。

夜はもう、ずいぶん冷えるな、と思った。志乃は寒くないだろうか。彼女の家は造りが古くて、ひんやりしていたから。

――月曜日、何を話そう。俺が言いたいことは『俺と付き合って毎日、俺の作るメシを食べて俺にいたわられて過ごしてほしい』なんだが……嫌だろうな、ＣＥＯがこんなことを言いだしたら。

セクハラＣＥＯにだけはなりたくないので、もっと慎重にならなければ。だが慎重になっていたら、志乃には永遠に近づけないかもしれない。

健生は自分にそう言い聞かせ、強く拳を握りしめた。

そして月曜日の昼休み。

一人静かに追い詰められた健生は、志乃に申し出た。

「山咲、弁当作ってきたから一緒に喰おう」

健生は、料理が大好きで得意だ。旨いものが食べられると思うとわくわくする。

今日の弁当は和風にした。

好みが分からないうちは、シンプルなメニューがいいだろう。

蓮根《れんこん》ハンバーグは昨日の夜から仕込んだ自慢の一品、卵焼きは甘口で朝焼いた。

卵焼きは甘口系で良かったのだろうか。リクエストは大歓迎だ。

――『突然勝手に弁当を作ってくるなんて気持ち悪い』と思われていなければいいが。

土日、必死で考えた結果、健生は『自分の強みを志乃にアピールすべき』という着想を得た。更に考え、いつも小さなパンやらおにぎりだけでランチを済ませている志乃に、まともなものを食べさせようという結論に至った。

――CEOが手作り弁当……か。俺は、意外性で勝負したかったのだろうか？　恋すると、頭がこんなにもおかしくなるんだな。

自嘲しつつ、健生は言った。

「どう？　今日は、誰からも好まれそうな和食にしてみたんだが。君の感想が楽しみだ」

余裕ぶって見せても、目を瞠る志乃の顔が怖い。

「あっ、あの、お料理がご趣味になられたんですか、だから私に、試食を」

「いや、料理は昔から好きなんだよ」

「さ、さようで……ございますか……」

志乃の笑顔は引きつっていた。

――無理もないよな。俺だって、勤め先の社長にいきなり手作り弁当を渡されたら、気を遣ってどうしていいか分からなくなるだろうから。

志乃の大人しげな顔には『どうしよう』『お礼を言わなきゃ、でも……』という戸惑いが見え隠れしている。

――だが、俺はどうしても君に近づきたい。一人で倒れたりしてほしくない。俺の側を離れないでくれ。

「先週言っただろう、君のヘルスケアプランの一環だ。詳細はあっちで説明する」

「あ、は、はい、分かりました」

志乃は、赤くなったり青くなったりしている。

真面目な彼女が、可哀相なくらい動揺しているのが分かった。

――ごめん……山咲……俺はどうかしてる。

しかし、もう引き返せない。

感情とは貯金のようなものだ。ため込んでため込んで、いつかは溢れる。

健生の貯金は、ある日突然満期を迎えた。それだけだ……。

第二章　運命のお弁当

ＭＴ＆Ｒのリフレッシュルームで、志乃は豪華なお弁当を前に硬直していた。

お弁当の作者は、目の前にいる美貌のカリスマＣＥＯ、宗石健生だ。

——すごい。お、お料理、上手すぎる……！

お世辞ではなく、健生が持って来たお弁当は素晴らしい。

詰め方もお手本のように綺麗だ。何を入れてもぐしゃぐしゃになる志乃のお弁当もどきとは格が違う。

超一流ビジネスマンである健生の手作り弁当を食べられるなんて、秘書の特権なのかもしれない。

だが、戸惑う。なぜ急に、こんなものを食べさせてもらえるのだろうか。

——わ、私のヘルスケアプランの一環がこのお弁当なのかな？　自分でも同じようなものを作れということかしら。

「いただきます」

健生は何を気にした様子もなく、一回り大きい同じお弁当を食べ始める。

「い、いただき……ます……失礼します、ＣＥＯ……」

志乃は震える手で箸を取り、恐る恐る、小さなハンバーグを頬張った。

控えめな甘塩っぱい味つけだ。絡めた餡に入った出汁の香りが口の中いっぱいに広がった。柚の匂いもする。さっぱりしていていくらでも食べられそうだ。

「あ……美味しいです……この蓮根ハンバーグ……」

「得意料理なんだ、それ！」

健生が目を輝かせて答えてくれた。あまりに嬉しそうな反応に驚き、思わずハンバーグを落としそうになる。

「すごいですね、こんなにお料理上手だなんて存じ上げませんでした。お忙しいのに何品も作ってくださって、ありがとうございます」

「朝早く起きて作った。慣れてるんだ、大した手間じゃない」

志乃は頷いて、今度は煮物に手を付けた。

こちらも味のバランスがピタッと決まっていて、にんじんはほっくり柔らかくて、とても美味しい。素晴らしい味の煮物を噛みしめたあと、志乃は切り出した。

「そういえば、私、今後の自分の体調管理について考えてきたのですが、報告してよろしいでしょうか？」

「たまった有休をまとめて取るといい。あとは何かあったら早めに俺に相談して。あまり抱え込んで、一人でストレスをためないように」

あっさりそう言われ、志乃は俯いた。

もう解決してしまったではないか。

それではこのお弁当は何のために作ってくれたのだろう。純粋に栄養失調の部下のために作ったのだろうか。そう考えるとどんな顔をしていいのか分からない。

「あ……あの……CEO、今日はこんなに素晴らしいお弁当をありがとうございました。身に余る光栄です」

「大袈裟だな。気に入ったならまた作るよ」

健生の答えに、焦りと申し訳なさで落ち着かなくなってしまった。志乃は焦って話を続けた。

「このような栄養バランスの良いお弁当を作れるよう、日々気を配りたいと思います」

緊張した口調でそう告げると、健生がくすっと笑った。

「俺が作るって言ってるのに」

普段の五割増しで甘い声に、志乃の心臓が勢いよく脈打った。

突然そんな声を出されると、融通の利かない志乃は落ち着かなくなってしまう。

——ま、また？　……私の自己管理の出来なさを指摘するために、お手本となるお弁当を作ってくださっただけなのでは……？

必死で考える志乃をよそに、健生が優雅な口調で言った。

「十八穀米は、農家を継いだ友達が送ってくれるんだ」

健生の食べ方は驚くほど美しい。志乃の背筋も自然と伸びてしまう。

「そ、そうなんですね、美味しい……私、白米しか食べないので……」

「へえ、雑穀とかむしろ女性に流行っていると思うんだけどな。家でも炊かないの？」

健生のつぶやきに、志乃は無言で頷いた。

——私のいい加減すぎる食生活を語るわけにはいかないな。昨日の夕ご飯は白米ともやしとキムチと、コンビニの唐揚げだもの。

とりあえず食べられるものをかき集めたらそうなったのだ。

夜遅くて疲れていたので、野菜と肉と炭水化物があればいい。そう思った。そのうち、選ぶのも面倒になって、同じようなメニューばかりになった。

「ＣＥＯはお弁当作りも完璧でいらっしゃるんですね。何でもおできになって、本当にすごいです」

「弁当くらい大したことないのに。でもありがとう。喜んでもらえて嬉しい」

ほんの少し秀麗な頬を染め、健生が続けた。

「そうだ、明日も時間があるから、同じように作ってこようか」

「えっ？」

目が点になった志乃に、健生は真面目な顔で告げた。

「明日は何が食べたい？　リクエストがなければ俺が考えてくるよ」

甘く整った美貌に、華やかな笑みが浮かぶ。突然笑顔を向けられ、志乃は思い切り赤面した。

「い、いえ、ＣＥＯにそこまでして頂くわけには参りません。今日頂いたお弁当を参考に、栄養のバランスが良いメニューを、明日からは自分で」

「コンビニで、和風の煮物やら焼き鮭やら、五穀米のおにぎりやらを買うんだろう？」

冗談めかして尋ねられ、志乃はぐっと言葉につまり、顔を赤らめた。

「はい、その通りです。コンビニ頼りになりそう……ですね」

見透かされてしまった恥ずかしさで、語尾が消えそうなほどに小さくなる。

「それなら、明日も俺が作ってきていいな？」

健生は楽しげだ。引き締まった口元には淡い笑みが浮かび、端正な美貌を明るく引き立たせている。

志乃は健生の笑顔に吸い寄せられつつ、何も言い返せないまま固まってしまった。

──え……っと……どうしよう……明日もなんて申し訳ないわ。ＣＥＯはちっともお嫌そうではないけれど……。

戸惑う志乃に、健生が尋ねてくる。

「嫌いな食べ物とかアレルギーは？　この一年一緒に食事に同席した限りは、何もないように思えたけれど」

「は、はい、ありません」

素直に答えて、志乃はますます赤面した。

健生があまりに楽しそうなので、次もお弁当を作ってくるという申し出を突っぱねられなかったからだ。

本当のことを言えば、志乃もちょっと楽しかった。憧れの人にお弁当を作ってもらうなんて、夢みたいだ。

同時に、浮かれる自分を、不安に思った。

──お相手はＣＥＯなのだから、あまり友達気分ではしゃがないようにしなければ。

そう思いながらも、なかなか動悸と熱が治まらない。志乃は切り替えが早いほうで、普段はすぐにクールダウンできるのに。

突然の非日常に、身体中が浮かれているようだった。

そして翌日。

「今日は洋風。オムレツ、どう?」

「あ、あの、すごい美味しい……です……」

オムレツは、口に入れた瞬間バターの香りが広がった。

一口で高級バターと分かった。仕事でしか行ったことがない高級レストランを思い出し、志乃は目を輝かせた。

「小さいオムレツは、作るのが意外と難しかった。卵の柔らかさは大丈夫だったかな」

「いえ……もう完璧で、本当に美味しかったです……!」

頬を紅潮させて答えた志乃は、はっと我に返った。CEOを前にこんなに浮かれてしまうなんて。

「はしゃいで申し訳ありません。でも本当に、プロの方が作ったお弁当のようで……」

「そうか、それは嬉しい。では、明日も張り切らせてもらおうかな」

健生は、整いすぎた顔に機嫌のいい表情を浮かべている。

志乃の褒め言葉を、健生ほどの人でも『嬉しい』と思うなんて意外だ。

――あ、明日は、もう結構ですって言わなきゃ……言わないほうがいいのかな? 嬉しそうでいらっしゃるから、水を差すのはいやなんだけど。

志乃はオムレツを噛みしめつつ、そっと健生の様子をうかがう。彼の考えていることは、相変わらずよく分からないままだ。

――本当にお料理がご趣味で、お弁当を人に食べさせるのがお好きなだけなのかも。ホームパーティが好きな人って結構いるし……似たような感じなのかしら？

考え込んでいた志乃は、健生の声ですぐ我に返った。

「体調は良くなったか」

落ち着いた声音で尋ねられ、志乃は慌てて頷く。

「もちろんです。ＣＥＯのお弁当のお陰で、とても良くなったと感じております。毎日、こんなに色々とご馳走になって申し訳ありません」

「忙しいときほどちゃんと喰わないとだめだよな。俺も食生活が乱れると体調が覿面《てきめん》に崩れるよ」

健生のしみじみした言葉に、志乃は深く頷いた。

「はい、私もなるべく、休日に料理を練習しようと思います……ご多忙なＣＥＯが、こんなに充実したお弁当を毎日準備できるということは、私が想像している以上に、手際よく作る方法があるのかなと思えました」

まるでプレゼン資料の確認をしているかのような、お堅いコメントになってしまった。

それがおかしかったのか、健生が明るい笑みを浮かべる。

「真面目だな、料理は慣れだから、そんな気負った顔しなくても平気だ」

その通りだと思い、志乃の頬が熱くなる。

「夜のうちに夕飯のおかずの残り食材をタレ汁に漬けて、朝焼いたりね。ちょっとした工夫の積み重ねだと思う」

簡単そうに言われて、志乃は眉を曇らせた。

「そう……です……か……がんばってみます……」

困り顔の志乃に、健生が穏やかな笑顔で言った。

「すぐに慣れるよ。俺も必要に駆られて覚えた。成長期の頃は親が多忙で家にいなくて、かといって、お手伝いさんに腹が減るたびに作ってもらうのも悪いと思ってね」

きっと健生は元気いっぱいでよく食べる男の子だったのだろう。一方、志乃は、昔から食が細かった。大人になってお酒は好きになったけれど……。

「私は、あまり食に興味がないせいで、料理もおざなりになってしまうのかもしれません。祖父にも嫁に行ったら困るぞって散々言われました。もちろん、今の時代、必ず女性が料理をせねばならないわけではないですけれど……家族が出来たら、料理が上手に越したことはないですものね」

つい、つまらない話をしてしまった。こんな話、ＣＥＯにわざわざ聞かせるほどの内容ではない。

愛想笑いを浮かべて話題を変えようとしたとき、健生が尋ねてきた。

「結婚後の食生活が心配？　もしかして縁談が決まりかけてるのか？」

志乃は慌てて首を横に振る。

だが、聞かれて当然である。

一人しかいない秘書が、突然『結婚します、妊娠もしておりまして……』なんて言いだしたら、健生の仕事はガタガタになってしまうからだ。

「私は仕事一筋です。私、結婚とか生まれてこの方、一度も……あ、いえ」

言いかけて、はっと口を閉ざした。

二人でお弁当を食べていると、ついついプライベートな会話が増えそうになる。

——CEOは話し上手だから釣られてしまうのだけど……結婚が決まっているか、決まっていないかだけ答えればいいのよ。自分の過去の話題なんて関係ないわ。

だが、認めよう。心のどこかで、健生に自分のことを知ってほしい、と思ってしまう部分がある。公私混同は避けて、良き秘書たらんと努力してきたのに。

「なんでもありません、失礼しました」

志乃はそう言って、にんじんのグラッセを頰張った。

健生は危険だ。彼のような人が側にいたら、ついつい気を許して、必要以上の好意を抱いてしまうようになる。

――それだけは絶対に駄目。せっかく、今までのようなトラブルを起こさない秘書だって信頼されているのに。

志乃は見えない場所でそっと拳を握りしめた。


そして、水曜日。またしても『CEO』はお弁当を作って、持ってきてくれた。今日は中華風のようだ。どうやって時間を捻出しているのだろうか。

――っていうか、断れずに毎日お弁当もらっちゃってる……っ……！

激しく葛藤しつつ、志乃は箸をしきりに動かしていた。

「その春巻き、うまい？」

「は、はい、朝から揚げ物大変ですよね……すみません……」

「オーブンで焼いたから、見た目ほど手間が掛かっていないんだ」

得意げな健生に、志乃は思わず頬を緩める。

どこから見ても完璧で男らしい人なのに、お弁当を食べているときだけは、ほんのわずかに可愛らしい顔を見せる気がする。その表情に、心が動かされてしまう。

「今日はこれ食べたら、そのまま福岡出張だな」

そう言って、健生は手を止めた。彼は本当に多忙で、こうやって連日、会社に顔を出しているのも珍しいのだ。

「明日の夜、飛行機でお戻りなんですよね……飛行機ばかりで疲れますよね。週明けの予定、少し調整できるか確認しましょうか？」

尋ねると、健生は首を横に振った。

「大丈夫、俺は席に着くとすぐに寝てしまうし、長距離移動に慣れているから、それほど疲れないよ」

「かしこまりました。何かありましたらメールでご指示ください」

志乃の言葉に、健生がふと、なにかを考え込む。

今までのにこやかな様子が一転して、深刻な表情だった。

――なにか、福岡の案件で心配事が……？

「……あの……土曜なんだけど」

切り出された言葉に、志乃は慌てて頭の中の予定を確認する。

――土曜日は、ＣＥＯは完全オフじゃなかったかな？

「出掛けたいんだ」

異常なほど緊張に満ちた声音に、志乃まで釣られて姿勢を正す。

――どこに行く話かな……？　土曜日に会社の予定あったっけ？

志乃は必死で考えたが、やはり何の話か分からない。

「再来月のエンジニアリングチームの技術イベント、会社と違う場所でやるって言ってただろう？　社外の採用候補者も招待して、終わったら温泉も堪能してもらう予定だって。覚えているか」

健生に問われ、志乃は頷く。

「はい。広報部の方が張り切ってらっしゃいますよね」

「エンジニア志望でうちの会社に興味を示している人間が、参加して良かったと思えるイベントになるか心配なんだ」

「大丈夫ではないでしょうか？　イベンターさんも間に入ってくれて、素敵なイベントになりそうだって、登壇する綿貫さんも楽しみにしていましたし」

「東京からだと、車で二時間くらいの場所だよな。ちょっと……自分で下見してくる」

「えっ？　ＣＥＯがご自分でですか？」

目を丸くした志乃に、健生が真面目な顔で頷いた。

「そうだ。自分の目で確認したい。接待され慣れている一流エンジニアが、新しい発見を得られるイベントであってほしい。そして最終的には我が社への入社を検討してほしいと思っているから、俺としては期待度が高いんだ」

これまでは、社外のエンジニアを招いたイベントは、企画部の社員が手がけていた。ＣＥＯ自ら下見に行くなんて、よほど乗り気なのだろう。

「ですが、ＣＥＯは毎日お忙しいですし、下見は社員にお任せなさって、土日くらいはお休みになったほうがよろしいのでは？」

「いや、自分で行ってくる。ちょうど土日は予定がないから。ただ気になっていることがあって……エンジニアは男性が多いだろう？　だけど今回は女性の採用候補者も招いているから、女性目線でも会場を確認してもらえるといいんだけどね」

「それでしたら、私がご一緒しましょうか？」

突き動かされるように言葉が出た。だが、言い終えたあとで、やや後悔する。

──私たち、昼休みまで一緒なのに、土日もなんて……ちょっと距離が近づき過ぎているわ。こんな申し出をして本当に良かったのかしら……？

綺麗に片付いたリフレッシュルームに異様な沈黙が垂れ込める。

「いいのか？」

「え……ええ……」

健生に問われ、志乃は思わず目をそらした。

どうも最近の自分たちの間に流れる空気がおかしい気がする。健生の、明るい色の目と見つめ合いながら、志乃はごくりと息を呑む。

だめだ。この綺麗な目を見ていると引きずり込まれそうになる。

誘われるがままにお弁当を頂いてしまうのも、巧みな質問に乗せられて何でも話してしまうのも、今、余計な申し出をしてしまったのも、この美しい男の目の中に引きずり込まれそうになっているからだ。

気付いたと同時に、背中に一筋の汗が伝った。

――CEOは、だてにカリスマって呼ばれてるわけじゃ……ないんだ……。

気を抜けば、誰でも彼に惹かれ、手を差し伸べたくなって、最後には心を譲り渡してしまうのではないだろうか。

実際に、志乃の心は、少しずつ健生の色に染まり始めているのだから。

「あ、でも、やっぱり私ではなく、SNS映えするような施設に詳しい人の方がいいかもしれないですね、申し訳ありません、出しゃばったことを申し上げて」

逃げ腰になった志乃に、健生が微笑みかけた。

「いや、君がいい。助かるよ」

短く言われ、志乃は反射的に頷く。

健生がこんなことを言いだしたのは、志乃なら、一人で出掛けても妙な期待をせず、ビジネスライクに振る舞ってくれるからだ。そうに決まっている。

「か、かしこまりました。では、下見箇所のリストを作って参りますね」

「いや、そこまでしなくていい。普段通りに、リゾートを楽しむ気持ちで下見してもらいたいから」

だが健生は、志乃の目を見ず、強ばった顔のままだった。

やっぱり今日の彼も自分も、お互いに変だ。

そう思いつつ、志乃は言い訳のように口にした。

「いいえ、CEOのお時間が無駄にならないように、準備したうえで同行いたします」

志乃の生真面目な返事に、健生がほろ苦い笑みを浮かべる。

「……勝負の日だな」

――勝負……なんの……？

異様に鼓動が速くなる。健生の話がたまに理解しがたいのは仕方がないのだ。頭の出来が違うのだから。

――『勝負の日』なんてちょっと大袈裟だけれど、イベントを成功させるための勝負の日、という意味よね？　私のほうこそ、週末ご一緒させて頂くからといって、舞い上がらないようにしなければ。

そう言い聞かせても、顔が熱くて、健生の目を見られなかった。


その週の土曜日。志乃は指定された待ち合わせ場所に立ち、腕時計を確認していた。

――現地集合じゃなくてよかったのかな。

志乃が立っているのは、会社から少し離れた、ターミナル駅の車寄せだ。

健生から、ここで待っているように指示された。

今日は、スーツではなく、カジュアルな格好をしてきた。

通販で買ったピンクのニットに、シンプルなスカート。靴は歩きやすいよう、ヒールのないバレエシューズにした。髪はサイドでまとめて、通販で買ったニットと同じ色のシュシュで留めている。

二十代の平凡女子そのものの服装だが、肩に大きなトートバッグを掛けているので若干浮いているかもしれない。

バッグの中にはイベント実施会場周囲の資料や、会場の下見で使用するチェックリストを入れている。パソコンも入っているので、凶器並みの重さだ。

——CEOのお手伝いだから、一日気を抜けないわ。

腕時計を確認したとき、すぐ側に車が止まった。

志乃は、その車のエンブレムに驚いた。海外製の超高級車だからだ。

——あんな車を乗り回せる富裕層って、本当にいるのね。

外国車は、他の邪魔にならないところに静かに停止した。車体の色は紺。秋の日差しを受けてきらきらと輝いている。

綺麗な色合いの車体に見とれていた志乃は、車から降りてきた人物を見て目を丸くした。

「おはよう」

運転手はラフな格好をした健生だったからだ。

白いシャツにデニム、運転用のサングラス、というシンプル極まりない服装なのに、格好良すぎる。

多分ジャケットは車の中なのだろう。だがシャツだけでもレッドカーペットを歩く俳優のごときまばゆさだ。

——う、うつく……しい……！　何ですか、ＣＥＯ。そのキラキラぶりは……。

いつものスーツ姿ではない分、若々しく見える。

ドライブ用の薄く色の入った眼鏡を掛けているのが新鮮だ。髪の毛もラフに下ろしていて、普段のキリッとしたイメージとは正反対で、ワイルドで素敵だった。

「おはようございます」

——い、いつもと違うので、ギャップがありすぎなので、落ち着きません……。

目を伏せた志乃の姿を見て、健生が優しい声で言った。

「似合うね。君が可愛らしい服を着ているの、初めて見た」

健生の言葉がお世辞だと分かっているのに、志乃の顔は燃えるように熱くなる。

「え、あ、あの、会社用のスーツはさすがにリゾートでは浮くかと。ＣＥＯも俳優のようと申しますか、格好い……あ、いえ、お似合いですね、カジュアルウエアも」

恥ずかしさで爆発しそうだ。余計なことを言うのではなかった。ちら、と見上げると、健生の顔はかすかに赤くなっていた。

「ありがとう。最寄りの駅ビルで適当に買った服だから、そう言ってもらえてほっとした。待たせたか？　さあ、乗って」

駅ビルで買ったなんて嘘だ。絶対に超高級ブランドの服に決まっている。そう思いつつ、志乃は健生に尋ねた。

「き、今日はご自分のお車を出してくださったんですか？」

「ああ。現地は電車の本数が少なそうだからな」

健生の切れ長の目には、優しい光が浮かんでいた。やはり、間近で見ると息が止まりそうなくらい綺麗な人だ。

「ありがとうございます」

車に乗り込むと同時に、いつもと違う妙な緊張感が湧き上がってくる。脈が異様に速くて、心臓の音が聞こえてしまうのではないかと不安になってきた。

「なんだかデートみたいだな」

冗談めかした健生の言葉に、口から心臓が飛び出しそうになる。

——なんでそんなこと仰るの！

真っ赤になりっぱなしの志乃に、健生が真顔で尋ねてくる。

「あれ、嫌か？」

志乃が無言で首を横に振ると、健生は表情を緩めた。

「よかった」

——そ、その『よかった』は、どういう意味……ですか……。

もちろん、聞く勇気などない。

駄目だ。身体全部が、心臓になってしまったかのようだ。

「途中でサービスエリアに寄っていこうか？　リニューアルされて楽しいらしいよ」

ハンドルを握る彼の表情は明るかった。

たとえ仕事を兼ねていても、今日という一日を楽しくしようと思っているのだろう。前向きで生命力に溢れた彼らしい。先ほどまでの緊張が和らぎ、志乃は微笑んだ。

「はい……スケジュールに影響がないようだったらご一緒します」

「これから行くところに、何か美味いものがあるといいな」

グルメの健生らしい言葉に、志乃は思わず笑った。彼が楽しそうにしているとなんだか嬉しい。

そう思わされるのは、健生の桁外れな魅力のせいなのだろうけれど……。

——駄目、どんどん浮かれてしまうわ。

志乃は己を落ち着けようと、胸に手を当てて、静かな声で健生に答えた。

「あるといいですね」

「山咲は、何か食べたいものはあるか？」

唐突に問われ、志乃はきょとんとなった。

最近、空腹感を覚えることがあまりないので、食べたいものが思いつかない。だが明らかに身体が欲しているものはあるので、その名前が、思わず口からでてしまった。

「と……トマト……でしょうか……ミニトマト……」

目を丸くした健生の様子に、一気に恥ずかしくなる。

「あ、す、すみません、私、月に一度ほど無性にトマトが食べたくなるので……気になさらず……多分慢性的にビタミン不足なのだと思います」

「ビタミン不足？　へえ……弁当にもっと野菜を入れようか？」

あっさり問われて、口から心臓が飛び出しそうになる。

――な、なんか、夫婦の会話みたい。落ち着かないので、やめてください……。

志乃は、あわてて、首を横に振る。

「気になさらないでください、おかしなことを申し上げました」

「野菜か……なるほど。何を作ろうかな……」

健生はハンドルに手を掛けたまま、真剣に独り言《ご》つ。

「まあ、俺に任せてくれ。野菜料理のレパートリーも意外とあるから」

笑顔のまばゆさに、志乃もしらず口元をほころばせる。健生は、慎重なハンドルさばきで車を発進させた。

車はそのまま首都高に乗り、東名高速へと走る。

――ハンドルを握る姿まで様になっていて、すごいな……。

鞄の肩掛け紐をぎゅっと握ったとき、健生が前を見据えたまま言った。

「眠かったら寝ていていいよ」

穏やかな声音だった。忙しくて疲れている志乃を気遣ってくれたのが分かる。

――こんな規格外のイケメンと車に乗って、眠れるはずがないですよ……。

志乃は無言で首を振り、懸命に胸の鼓動を収めようと、こっそり息を整えた。

車を運転する健生の横顔に見とれているうちに、車は比較的順調に流れ、健生が行きたいと言っていたサービスエリアに着いた。

「よかった。今日はすんなり車を停められそうだ」

いつもはもっともっと混み合っているらしい。

「CEOは、運が強いですね」

「そう言ってもらえると嬉しいな」

はにかむような笑顔に、不覚にも胸がきゅんとなった。会社では、彼のこんな顔を見たことがないからだ。

志乃は重いバッグを膝から下ろし、足元に置いて車を降りた。

健生が車を降りると、通り過ぎる人たちが惹きつけられるように彼を振り返った。水際立った容姿の彼の側にいると、不釣り合いだと思え落ち着かない気分になる。

「何が食べたいんだっけ？　トマト？」

からかうように尋ねられ、志乃は首を横に振った。

「そ、それは家に帰ったら自分で……」

「今食べたいんだろう？　探してみよう」

そう言った瞬間、健生が志乃の肩を強く抱き寄せる。突然触れられて、口から心臓が飛び出そうになった。

一瞬あとに、目の前を車が走り抜ける。かなり危険な速度だ。

「歩いている人がたくさんいるのに、全然徐行していない。危ないな」

眉をひそめて車を見送った志乃は、慌てて健生にお礼を言った。

「ありがとうございます。ぼうっとしていました」

「気をつけて」

形の良い口の端を吊り上げ、健生が歩き出す。手は、ゆっくりと肩から離れた。

――う、うう……だめだ、動悸が収まらない……。ＣＥＯはぼうっとしている私を助けてくださっただけなのに……。

真っ赤になって、志乃は背の高い健生の傍らを歩いた。

私服の彼と肩を並べて歩いている。周りからはどう見えるのだろう。周囲は家族連れやデートとおぼしき人ばかりで落ち着かない。

私たちは違います、と訴えるわけにもいかないし、志乃の顔は赤いままだから、さぞ浮かれて見えるに違いない。

何もかもが夢のようで、頭が真っ白になってきた。

「あっち行ってみよう」

健生が指し示したのはレストランエリアとは別の場所だった。

——野菜の即売コーナー……？

健生は並べてある野菜に近づくと、ビニールに入ったミニトマトを手に取った。

「車の中でおやつに食べられるよう、洗ってあるんですよ」

売り子の女性に言われ、健生は『ちょうどいいな』と笑い、会計を済ませて志乃を振り返った。

「トマトが手に入りましたよ、秘書殿」

恥ずかしい。なぜトマトが食べたいなんて言ってしまったのだろう。

「あ、あの、すみません、探して頂いて」

「車で食べようか」

そう言って健生は軽やかに歩き出す。だが途中、はっとしたように振り返った。

「ランチは、レストランが良かった？」

志乃は慌てて首を横に振る。心の中で『一緒に食べられればどこでも嬉しい』という言葉が生まれ、慌てて呑み込んだ。

――だ、駄目だ、私、今日、浮かれてる……どうしたの……？

「いいよ、一番高いステーキを奢って、とか言ってくれても」

「わ、私はトマトがいいです！」

志乃の答えに健生が噴き出す。そして、しなやかな手を志乃の方に差し出した。

「じゃ、コンビニで何か買ってから、車に帰ろう」

彼の顔は意外なほど真剣そのものだ。冗談ではなく、本当に手をつなごうとしているらしい。

志乃は凍り付いたように、健生の美しい目を見つめた。秋の澄んだ光を透かして、茶色の瞳が金色に輝いて見える。

志乃は引き込まれるように手を伸ばし、健生の長い指をそっと握る。

手が触れ合った瞬間、健生はふわりと微笑んだ。

「また車が走ってるエリアを歩くよ。君は意外と危なっかしいから、俺と手を繋ごう」

――こ、こんな風にエスコートされたことなくて、ほ、ほんとうに、どうすれば。宗石さんはアメリカ帰りだから、こんな風に、手とか……。

落ち着き払った健生の横顔を、志乃は真っ赤な顔で見上げた。

サービスエリアの端にあるコンビニで食料品を買い込み、停めた車に戻ると、健生はさっそく袋から食べ物を取り出す。

「遠足みたいだな、楽しくなってきた」

そう言った彼の顔は少年のようで、志乃は釣られて微笑む。

「レストランにお入りにならなくて、よろしかったのですか？」

「昔、MT&Rがもっともっと小さかった頃、自分で車を借りて、地方の精密機器メーカーを営業回りしてたんだ」

志乃にサンドイッチと、見慣れない緑色のジュースを差し出しながら、健生が言う。

「営業回りの時は、いつも借りた車の中で食事をしていたんだ。自分で弁当作ったり、買ったり。毎日きつかったけど、今思えば楽しかったな。客にイヤなこと言われたり、一方的に怒鳴られて、悪くなくても頭を下げたり、アンタの親父さんの顔を立てて会ってやったんだ、と嫌味を言われたりね。だけど、どんな理不尽も今の俺の糧になっている」

健生がペットボトルの口をひねり、勢いよく水を半分ほど飲み干した。

「だから、車の中でなんか食べるの好きなんだ。あの頃の、良くも悪くもがむしゃらな俺に戻れる気がする。『よし、これを食べたら出陣だ』って気持ちが蘇るよ」

「エピソードまで格好いいですね」

軽口のつもりで言い、志乃ははっと唇を押さえた。

──い、今の言い方じゃ、エピソード以外も格好いいと思っているみたい。

本当のことなのだが、秘書の立場としては軽すぎるというか、わきまえがなさすぎたかもしれない。

──か……っ、軽いお世辞に聞こえたよね……大丈夫だよね。

しばらく、車内を沈黙が支配した。

健生の整った顔には穏やかな笑みしか浮かんでいない。

──大丈夫そう、ＣＥＯはいつもと同じような顔してる……！

焦る志乃の手から、健生がミニトマトを取り上げた。

「一個貰っていい？」

健生の顔はいつもと同じ、落ち着いていて、優しげで、志乃のつぶやきなんて気にしたように思えない。

──よかった。格好いいなんて言われ慣れていらっしゃるものね。

ほっとして無言で頷くと、健生は大きく口を開けて、あっという間に一つを平らげた。

「旨い。今のトマトって本当に甘いんだな」

「はい、祖父が趣味で育ててたミニトマトは、もっと酸っぱかったです」

「俺は酸っぱいトマトも好きなんだ。君はどう？」

「私も……酸っぱいのが懐かしいかも」

志乃の答えに、健生が微笑む。さりげない笑顔までどきっとするほど綺麗だ。

そう言って、もう一つをつまむと、躊躇なく志乃のほうに差し出した。

「はい」

何が起きたのか分からなくて、志乃は絶句したまま健生を見つめる。

「食べないのか」

端正な顔にからかうような笑みが浮かぶ。志乃は、熱い頬を意識しながら、操られるように口を開けた。

口の中につるりと丸いトマトが押し込まれる。

――わ、私、何をしているの……素直に口を開けたりして……。

何も言えないまま志乃はそれをゆっくり噛み潰す。鮮烈な酸味と甘みが口の中いっぱいに広がった。

色々と栄養が足りていない身体に、トマトがしみこんでいく気がする。思えば、なぜか彼がせっせと作ってくれるお弁当もそうだ。

どれも食べると身体に勢いよく吸収されていくように思えて、美味しくて、力が湧いてくる。

「ありがとうございます、CEOが下さるものって、何でも美味しいですね」

トマトより赤いかもしれない顔で、志乃はお礼を言った。

「俺の弁当も?」

まっすぐ見つめられ、志乃は汗だくになって頷いた。

「それはよかった。俺って結構いい旦那になると思わないか? 意外とマメだし」

「あ……は、はい……素敵な……旦那様に……なるかと……」

志乃の落ち着かない様子がおかしいのか、健生がかすかな笑い声を立てた。

顔から火が出そうだ。

ドキドキしすぎて、まともな受け答えが出来ているのかすら、もう分からない。雲の上にいるような気分だ。こんな時間が続いたら、身が持たない気がするけれど、同時に、この時間が永く続けばいいのにと思ってしまう。

——CEOは……お休みだから、気を抜いていらっしゃるだけよ。落ち着かなきゃ、ホテルに着いたら仕事をするんだから。

自分に言い聞かせても、動悸はまるで治まらない。やはり、夢を見ているような気分のままだった。

◆

──どこか他のところに行きたいけど、誘ってみてもいいだろうか……？

健生は横目で志乃の様子をうかがう。

イベント会場として確保しているリゾートホテルは、申し分のない施設だった。男女どちらの採用候補にも充実した時間を過ごしてもらえそうだ。雰囲気もよく、動線にも問題はない。カンファレンスを行う小宴会場も、セミナー用の設備が完璧に整っていた。

視察はこれで終わりだ。

真面目な志乃は、車の助手席でノートパソコンを膝に載せて、真剣に報告レポートを打ち込んでいる。

一方の健生は、さっきから『格好いい』と言われた瞬間をリピートしていた。

今日の自分は平均以下だ。髪はボサボサ、服はありあわせ、サングラスは、この前、運転中に目が痛くなってサービスエリアで買った安物だ。

気合いを入れて、イタリアで仕立てた薄手のニットを下ろす予定だったのだが、時間切れで、クロゼットから取り出す余裕さえなかった。サングラスも、どこかに紛れ込んだ愛用の品を探そうと思っていたのに……そういえばあれは、どこにしまい込んだのだろう。出張に持っていって、スーツケースの中に入れたままなのだろうか。

なんにせよ、今日は肝心な日なのに服装が決まらず、落胆していた。

けれど、志乃がそんな自分を笑顔で褒めてくれたので、嬉しくてたまらないのだ。

——か、格好いいか、そうか……そうか……嬉しいんだが、そういう言葉を気軽に他の男にも言ってるのだろうか。

『格好いいです』の無限リピートが落ち着き始めたら、今度は不安が持ち上がってきた。志乃がもし他の男にも『今日のお洋服、素敵ですね』なんて気軽に言っているとしたら、意気消沈どころの騒ぎではない。

真実は、知らない方がいいのかもしれない。

だが志乃は、健生の煩悶になど気付いた様子もなく、真摯な口調で言った。

「今日のホテルはいい会場だと思います。ただ、駅からの距離がちょっとあるので、当日はタクシーを予約して移送を潤滑にした方がいいかと」

「分かった、企画担当に言っておく」

「それからお料理はビュッフェ形式とコースが選べるみたいですが、お食事用の会場が広いので、ビュッフェにして、自由に歩いて頂く方がいいですよね。会話の機会が多く発生しそうです」

「うん、役員にも積極的にテーブルを回って話をするように言おう。馴染みのメンバーで固まらないように俺も気をつける」

志乃が仕事モードの顔で頷いた。

本当はただ、君を連れ出したかっただけだ、なんて言える雰囲気ではない。

もちろん彼女のフィードバックは全部イベントの役に立ててるつもりだし、代休も別の日にとっていいと言うつもりだが。

つもり、だが……。

「あとはコンビニでしょうか……外出自由なので近場にコンビニがないと不便という声があるかもしれません。十五分くらい歩くらしいので、事前にこのことは告知しておく方がいいと思います。売店の品揃えはコンビニには負けますので」

「告知用の資料に入れておくよ」

「お願いします。じゃあ、そろそろ帰りましょうか」

志乃が笑顔で言った。当然の台詞なのに泣きそうになる。

しかしCEOならば『そうだね』と言って、車を発進させるべきだ。その時、志乃のスマートフォンに電話が掛かってきた。

「すみません、電話に出てもよろしいですか?」

真面目な志乃は、こんな時まで健生に気を遣ってそう尋ねてくれた。

バッチリ見えた。

発信者名に『よし君』と書かれているのが……。

——よし……君……とは、一体誰だろう、付き合っている男かな……それ以外ないよな。

ショックすぎる……か、帰り道、運転できる……かな？

健生の全身からすうっと血の気が引いていく。

「はい、もしもし。うん、いま外……うん……え……？　またランニングの話？　嫌。え、絶対来い？　やだってば」

電話の向こうから漏れ聞こえるのは間違いなく男の声だ。

その男の声が異様に偉そうに聞こえて、凍てついた心の底で嫉妬心が煮えたぎった。しかも志乃の、妙に親しげな言葉遣いも心にグサグサ突き刺さる。自分にはこんな話し方をしてくれたことなどないのに。

――ずいぶん親密そうだな……。やめろ、やめてくれ、山咲、君の会社のCEOがショックで死んでしまいそうなんだが……？

ルームミラーで自分の顔を確認すると、一応余裕の顔ではあった。CEO業で培った面の皮の厚さが役に立ってくれている。

だが、心の中に響いているのは断末魔の叫びのみだ。

――無理もない。こんなに可愛い君に男がいないわけがなかった。俺に言わなかっただけだよな、うん。分かる。大丈夫……いや駄目だ、全然分からない。略奪するか。家に帰ったら略奪プランを立て……待て……落ち着け……。

車のシートの背もたれに寄りかかり、健生は目を瞑った。その男は誰なんだ、と話に割り込みたくて我慢するのが辛い。

——駄目だ、本当に、落ち着け。

「いやよ。ランニングとか無理。じゃあね」

志乃は可愛らしい声で言うと、電話を切ってゴソゴソとバッグにしまい込む。

「申し訳ありません、友達からでした」

——友……達……。

目を瞑ったまま、健生は心を突き刺すその言葉を復唱した。

よし君は友達らしい。一ミリも信じられない。

「ランニングに行こうって誘われたのか？」

正気な感じの質問を繰り出すことが出来た。

「はい、身体を鍛えろって何度も言うんです」

志乃は綺麗な顔をほんのり染め、清楚な仕草で俯いた。

「へえ、俺も行きたいな」

『君とよし君とやらの邪魔をしに』

心の中で付け加えると、志乃がニコッと笑った。

よし君が誰なのか知らないが、今の健生は嫉妬で爆発寸前だ。粘着質な感情が顔に出ないよう、決死の笑顔を浮かべてみせると、志乃は大きな目を伏せてしまった。

「私は行きたくなくて……走れないです、一時間近くも」

長いまつげが頬に影を落とし、えもいわれぬ儚げな風情を醸し出していた。淡い色の唇が目に入り、胸にじりじりと嫉妬の火が燃え上がる。

よし君とやらはあの唇にキスをして、それ以上のこともして、事後、煙草を吹かしながら『お前ちょっと運動しろよ』なんてアドバイスをかましているのだろうか。

リアルな妄想が浮かび、悔しさで目の前が白くなってきた。

——山咲は、俺の……大事な……秘書なんだが……?

こんなに悔しいのは久しぶりだ。最近は健生も大人になって、大概の嫌なことは流せるようになったはずなのに。

——妄想はよそう。辛くなるだけだ、より一層……。

内心歯ぎしりしながら、健生は思った。

——とにかく話題を変えよう。俺には『その男は誰』と問う権利もないし、何を言う資格もない……が……！

「今の人は、君の彼氏なのか？」

だが、どうしても我慢できずに直球で尋ねてしまった。赤い顔をしていた志乃が、不躾な問いに愛らしい顔を引き締める。

「違います」

黙って見つめていると、志乃はしばらく考えて、緊張した声で続けた。

「彼氏がいたら、たとえCEOのお車でも、休日に二人では乗りませんし。お弁当も、二日目以降は頂きませんでした。仕事絡みのお付き合いであっても、彼氏は嫌な気分になると思いますし」

志乃らしい、涙が出るほど誠実で真面目な答えだった。

彼女はこんな局面で嘘を吐く人ではない。

それだけは一緒に働いてきた健生には信じられる。

……実際は、惚れた女にころりと騙されているだけなのかもしれないが。

「そうなんだ。ごめん、変なことを聞いて」

健生の言葉に、志乃は首を横に振った。

——彼氏がいないという言葉が本当なら、俺にも機会はあるんだよな？　君が嘘を吐いていないなら、俺にも君を奪う機会が……。

健生の心臓が、どくんと重たい音を立てた。

今が彼女を口説く最高のチャンスだ。

志乃が別の男とイチャイチャしている姿など、想像するだけで死にそうになる。無理だ。

志乃の幸せそうな顔を他人として見守るなんて出来ない。

自分のギリギリまでふくれ上がった恋心は改めて確認できた。

――ここまで来てしまったら、もう、最後まで突っ走るしかない……。

健生は覚悟を決めた。

「はい……どうなさいました？」

「き、君には、唐突すぎて意味不明かもしれないし、不愉快な話かもしれない。だから、今から話す内容を却下する場合は、そのまま車を降りてくれ。俺は君の自由と安全を保証する」

健生の醸し出す切羽詰まった雰囲気に、志乃が身体を強ばらせたのが分かった。

今なら引き返せる。じゃあ行こうか、と言って帰途につけばいいのだ。暗くなる前に帰ろうと。家まで送るから……と。

だが、そうやって別れたあとに何が残るだろう。

健生を待つのは、終わらない煩悶と嫉妬と志乃への思いだけ。自動的には消えない。もだもだしていても何も解決しないのだ。

覚悟を決め、健生は志乃の大きな目を見つめた。ふんわりと優しげな顔には、不安そうな影がよぎっている。

「車のドアは開いてる。ちょっとでもイヤな気分になったら、俺の車から降りて、ホテルから送迎バスに乗ってくれ。交通費は後日精算する」

自分でも何を言っているか分からなくなってきた。志乃の警戒する気配が胸に痛い。

――交通費精算の話なんて、今しなくていいんだ。腹をくくれ。

健生は静かに息を吸い、決死の覚悟で一世一代の告白の口火を切った。

「俺と付き合ってほしい」

前置きがなく、結論だけになってしまった。

焦ったが、もう遅い。

君は綺麗だとか、いつも感謝しているとか、実はかなり前から好きだったとか、何か前置きすれば良かったのに。そう思いながら健生は続けた。

「前から好きなんだ。君には唐突な告白に思えるだろうけれど」

◆

「俺と付き合ってほしい」

身を固くしていた志乃は、凍り付いた。

なんと返事をすればいいのか分からないからだ。適切な対応が思い浮かばない。

志乃は思春期以降、男性の少ない環境で育った。女子高から女子大に通い、他校男子との合コンやらイベントに誘われても顔を出さずに生きてきた。

祖父が亡くなってからは、自分の身を守るのは自分だけだと、なお一層恋愛からは距離を置いてきたのだ。

だから、男性に告白される経験は初めてだ。彼の言葉の意味を咀嚼し終えた刹那、呼吸の仕方すらよく分からなくなった。

「前から好きなんだ。君には唐突な告白に思えるだろうけれど」

「あ、あ、あの……」

頭が真っ白になって志乃は俯いた。嬉しいのか嬉しくないのかすら分からない。

恋愛に免疫がないと、こんなにも動けなくなるものなのか。

「嫌なら俺を置いてこの車から出て行っていい。少しでも女性に不安を与えるのは卑怯だと思うから」

何かを答えなくてはと思うのに、焦って言葉が出てこない。

——なんて言えばいいの？　分からない、何と答えれば失礼にならないのか。

尊敬する美貌のＣＥＯに好きですと言われて、動転しているだけだ。落ち着かなければ。

もしかしたら冗談かもしれないし、もう少し冷静に話をすべきだろう。

志乃は上滑りする思考を必死にまとめ、健生に尋ねた。

「どこがお気に召されたのでしょうか？」

だが尋ねた直後に猛烈な後悔が襲ってくる。

——なんてことを言うの……？　我ながら可愛げがなさすぎる……。好きと言って頂いているのに、こんな返しは良くない。

涙目の志乃の問いに、健生が首をかしげた。

「どこだろう、改めて問われると悩ましい。全部好きだけどな」

顎に手を当てて真顔で考え込まれ、志乃の顔が焼けるほどに熱くなる。

「ご冗談を……私は、自己管理がなっていないと、お叱りを受けたばかりですが？」

言い終えてまた唇を噛みたくなった。

どうして次から次に愛想の欠片もない言葉が出てくるのだろう。

きっと怖いからだ。憧れの人に好きだなんて言われて、恋愛経験のない自分には、これから何が起きるか分からなくて。そのくせ、いつも通りの平気な自分を見せようとして、更にパニックを起こしてしまっている。

「別に怒っていない。心配しただけだ。俺の方こそ……過剰に心配しないよう変に気負ってしまって、そのくせ、いきなり弁当なんて作ってきて驚かせて悪かった」

「い……いえ……あの……」

「でも俺は嬉しかった。山咲といつもと違う時間が過ごせて。今日も同じだ。本気で嫌がられそうだったら何も言わないつもりだったけど……楽しそうにしてくれたのが嬉しくて、さっきの男からの電話には、本気で妬けたんだ」

脈拍が上がり、目の前がくらくらしてきた。

「よ、よし君は、さっきの彼は、本当に幼なじみで、男というより、お兄ちゃんのような存在なんです」

——会社の人ですって言った方がいいのかな？　だけどこんなに嫌な顔をなさっているのに、よし君にまで妙な誤解が及んだら困るわ。どうしよう。

戸惑う志乃に、健生が不機嫌な低い声で告げた。

「だとしても俺は我慢できなかった」

羞恥と緊張で目の前がくらくらする。

——ＣＥＯは、車から、出てもいいって……。

健生の言葉が断片的に頭に浮かび上がる。

彼は先ほど『嫌なら車から降りていい』と言ってくれた。ドアを開けて外の空気を取り込めば、息詰まるような空間が少しはマシになるかもしれない……。

志乃は反射的に、車のドアの把手に手を伸ばした。逃げたいというよりは、新鮮な空気を吸いたいという気持ちが強かった。

とにかく少しでも、搦め捕られそうな雰囲気から解放されたい。

「嫌だったか？　ごめんな」

低い声に、ドアに手を掛けていた志乃は我に返る。

「上司がいきなりこんな話を始めたら、怖いし困るよな」

志乃は何も言えずに、健生の薄い色の目を見上げた。

いつ見てもとても綺麗だ。

透明で強い光を宿した瞳。

面接の席で、初めて彼に会った時、今までに出会った誰とも違う目をしていると、強烈に感じたことを思い出した。

けれど、彼の硬質で凛とした瞳には、悲しげな光が浮いている。

自分が外に逃げ出しそうな素振りを見せたからだと、すぐに気がついた。

「そ、そんなこと……ない……です……」

志乃は掠れた声で答えて、ゆっくりドアから手を離した。

「もしかして好きな男がいる？　先ほどの君の話だと、『付き合ってはいないけれど、片思いしている相手はいる』……というケースはありえるよな？」

健生の美しい顔が近づき、琥珀の湖のような瞳が志乃の目を覗き込む。

「何か言ってくれないか？　俺も、だんだん余裕がなくなってきているから」

美しい獣にじりじりと追い詰められているようだ。

嫌だと突っぱねれば、きっと健生は解放してくれるだろう。

そのかわり、もうこれ以上、健生の側にはいられなくなる。

大きな河ですれ違った櫂のない船同士が、もう二度と近づけないように、ゆっくりと流されて、距離が遠ざかっていくに違いない。

「俺から逃げたくなったか？」

静かな低い声が志乃の肌を震わせる。身動きできないまま、志乃は無言で首を横に振った。

「……君はいつまで俺の隣にいてくれるんだ？」

志乃は吸い寄せられたように、健生の瞳を見返した。

いつまでだろう。

出来るならずっと側で働いて支えたかった。健生は素晴らしい人材で、それを支える自分に誇りを持てたからこそ、倒れるまで頑張ってしまったのだ。

「いつまででも……いいです……けど……」

声に出したら、急に胸が痛くなった。

ずっと開けずにいた心の引き出しの中から、色々な本音が溢れてくる。

もし、秘書から別部署への異動を命じられたら。

もし、健生がある日ＣＥＯの座を退いて、翌日から別の人間を『ＣＥＯ』と呼び、仕えねばならなくなったら……。

それだけではない。能力不足だから、ＭＴ＆Ｒ社にはいらないと言われたら。

健生のいない世界が、志乃の日常になってしまったら。

そうしたら志乃は、どうするつもりだったのだろう。

——私は、『自立した女性像』に近づけた自分自身が好きだった。親がいなくて苦労した分、バリバリ仕事をこなせる自分に安心できた。でも、仕事が出来る自分像を優先しすぎて、ちょっと認知が歪んでいたのかも。ＣＥＯが示してくださる好意も、全部……仕事上のことにすり替えてしまうくらい……。

目にうっすら涙がにじみ、世界がわずかにぼやけた。

家まで送ってくれたことも、お弁当を食べさせてくれたことも、今日、車で連れ出してくれたことも、全部『仕事以外の意味はない』と思い込もうとしていたのだ。

理想の自分を演じようとして、彼の気持ちなんて一切くみ取ろうとしなかった。そう思いながら志乃は口を開いた。

「私ががむしゃらに働く理由は……多分、ＣＥＯの側で働きたいからなんです。他の場所に行きたくない。私は、仕事抜きでも、ＣＥＯのお側にいたいです」

「それは、あの……俺と付き合ってくれるって意味か」

単刀直入に切り込まれ、志乃の足が震え出す。

力に溢れた茶色の瞳に惹かれ、視線がそらせない。まるで健生に縛り付けられたかのようだ。

しばしの沈黙のあと、志乃は小さく息を呑み、操られるように頷いた。

本当にこれでいいのだろうか。この答えで正しいのだろうか。

だが、迷う暇などなかった。

健生の逞しい腕が志乃の背中を抱き寄せたからだ。

志乃は、そのまま健生の肩にしがみついた。

生まれて初めて、祖父以外の男性に抱きついた。彼の身体は大きくて力強くて、自分とは別の生き物のようだ。

「本当に？　期待させておいて、嘘だなんて言うなよな」

身体中が心臓になったようにドクドクと脈打っている。

「ほ、本当です……わ、私は、嬉しい……です……」

全身熱くて震えが止まらない。不自然な姿勢で健生に抱き寄せられたまま、志乃はぎゅっと目を瞑った。

背中に回った健生の腕に力がこもる。

「……そう。幸せすぎて目眩がしそう」

健生がそうつぶやくと、ますます力を込めて志乃を抱き寄せた。百六十センチある志乃を片手で軽々引き寄せるなんて、どれだけ力持ちなのだろう。

両頬を手で挟まれ、唇を奪われた。

生まれて初めてのキスだ。

あまりのことに動けない。

健生の唇はなめらかで温かかった。息をするのも忘れて、志乃は彼のシャツの袖をぎゅっと握る。

——どうしよう……。

唇を合わせて何秒経っただろう。いつこのキスは終わるのだろう。終わってほしいような、ずっとこうしていたいような、不思議な戸惑いが身体中に満ちてくる。

「これ以上は、ちょっとダメだ。調子に乗りそう」

唇を離した健生がそうつぶやいて、もう一度志乃を抱きしめる。半ば放心していた志乃は、抗わずにその抱擁に身を委ねた。

本当にこの恋を始めてしまって良かったのだろうか。

志乃は恋愛初心者だが、健生はそんなことはないだろう。

もしかしたら初心者すぎてつまらない、と思われるかもしれない。優しい彼のことだから、決して表には出さないだろうけれど。

それにこんな関係を会社の人に知られたら、きっと良く思われない。赤倉常務なんて鬼の首を取ったように文句を言うに決まってる。

理性では『この恋を受け入れては駄目だ』と分かるのに、志乃は健生の腕を突き放せなかった。

久しぶりに『自分の身体が温かい』と思える。冷え切っていたのに、嘘のように熱い血が巡り始めた。まるで息を吹き返したかのようだ。想いを止めることは出来そうにない。

「……いいですよ」

そう答えた志乃は、恐る恐る広い肩に額を押し付ける。

「調子に乗っていいのか？」

真剣に言われ、志乃は無言で頷いた。

再び口づけられ、志乃は目を瞑って、遠慮がちなキスに身を委ねる。唇からはとてもいい匂いがした。日だまりの森のような……。

こんなに素敵な人にキスされて、恋を囁かれるなんて。

この時間は、がむしゃらで孤独な女が見た、つかの間の夢なのかもしれない。それでも今、間違いなく幸せだから構わないと思える。

「……じゃあ、俺から逃げないという証拠を見せてくれ」

志乃はかすかに笑い、頷いた。

頭の芯が痺れてぼやけてくる。

夢なのだろう。平凡な自分が、王子様のような人に恋を囁かれるなんて。

そう思いながらも、志乃は恋の甘さに抗えなかった。

車でどのくらい走ったのだろう。

気付けば志乃は、健生と二人きりで、瀟洒《しょうしゃ》なホテルの一室にいた。

広々したロイヤルスイートだ。

緊張で真っ白になっている頭でも、志乃が訪れることなどないハイクラスのホテルだと分かった。

窓の外には青い海が見え、室内は北欧風の家具で完璧に整えられている。さりげなく置かれたアメニティは高級コスメティックブランドの品だった。非日常につぐ非日常で、頭がくらくらする。

健生が後ろ手にドアを閉め、ベッドの上に荷物を投げ出して、志乃を抱きしめる。

「キスしていい？」

羞恥心と緊張で朦朧となりながらも、志乃は頷いた。

志乃を抱きしめていた腕が緩み、大きな手が顎にかかった。

怖いくらいに整った顔が近づき、唇が、健生の唇で塞がれた。

引き締まった唇は、なめらかで温かかった。

蕩けそうなキスの感触に、志乃の身体から力が抜けていく。しばらく唇を合わせたあと、志乃は身をもぎ離して言った。

「あの……シャワーを……浴びてきますね」

志乃は、男性と寝たことがない。だから他に何を言えばいいのか分からず、真っ赤な顔で視線をそらす。結んでいた髪を解いたとき、健生が静かな声で言った。

「入らなくていい」

え……と思う間もなかった。二十センチ以上背の高い健生が、覆い被さるようにして再び唇を奪ってきたからだ。先ほどのキスなんて、挨拶のような物だった。背をそらせた志乃の後ろ頭を支えたまま、健生は志乃の唇の裏を、舌先で舐めた。

「ん……っ……」

知識では知っていたが、こんな深いキスをされたのは初めてだ。

動揺のあまり身体中が震え始める。

志乃は、歯で健生の舌を傷つけないよう、恐る恐る口を開け、深いキスを受け入れた。

かすかな音を立てて口腔が貪られる。

未知の感触に、志乃の胸の谷間に汗が伝う。抱きすくめられた身体が熱くて、足に力が入らない。

舌先が志乃の舌を執拗に舐めあげる。

不器用な舌使いで愛撫に応えていた志乃は、ふと気付いた。健生の鍛え上げられた身体も、志乃と同じように熱く、異様な速さで心臓が脈打っていることに。

ようやく少しだけ、頭が働いてきた。

今から一方的に怖いことをされるわけではないのだ。

志乃も健生も、お互いが好きで、触れ合いたくて、身体の熱を持て余している。健生と自分は、同じなのだ。

怯えて両手を握りしめていた志乃は、その手を開いて、ゆっくりと健生の背中に回した。何も知らないし、男性と寝るのが初めてでも、思いやることくらいは出来る。

シャツの背中は火照っていて、かすかに汗ばんでいるのが分かった。

なだめるように優しく撫でる。広くて引き締まった背中の感触が、だんだんと愛おしくなってくる。何度か指先が背中を行き来したとき、唇がゆっくりと離れた。

「今から、志乃って呼んでいい？」

切れ長の目が、じっと志乃の目を覗き込んでいた。

理知的で自信に溢れた健生らしくない。

顔が焼けそうに熱いと思いつつ、志乃は頷いた。

「俺のことはケンって呼んでいいよ。親も兄弟も仲いい人も、皆そう呼ぶ」

「あ、あの、私の中では、ケン……などという印象では……っ」

「ケンでいいのに。『けんしょう』ってちょっと変わった名前だし。呼びにくいからさ。

名付けた本人の父親が『呼びづらいな』って言ってるくらいなんだから」

健生はそう言って楽しげに笑った。とても嬉しそうな顔に、志乃の心も明るくなった。

「慣れたら呼びます」

「ああ、構わない、慣れたらでいい。……もう一回キスしていい？」

志乃は小さく頷く。心臓が気が遠くなるほどドキドキ鳴っている。顔を上向きにされ、唇を奪われて、志乃はうっとり目を閉じた。

健生は、プライベートな顔も、まっすぐで明るくて美しい。

こんな人を好きにならずにいるなんて、無理だった。

互いの唇を舐め合い抱きしめ合う。熱に浮かされたようにそんな時間を繰り返したあと、健生が不意に言った。

「……続きもしていいか？　あの……ゴムは持ってる。さっきコンビニで買った」

ストレートな誘いの言葉に、志乃の中にあった『壁』がどろりと溶けた。

薄い色の瞳を見つめ、頷き返したと同時に、志乃の身体がひょいと持ち上げられる。

「きゃっ」

お姫様抱っこなんて生まれて初めてだ。軽々と志乃を抱えた健生は、優しい仕草でベッドに志乃を横たえた。

「脱がせてもいいか？」

志乃は頷き、上半身を起こしてニットを脱ぐ。キャミソールに手を掛けようとしたとき、健生の大きな手が遠慮がちに、肩に触れた。

志乃は勇気を振り絞って微笑み、キャミソールを脱いだ。何の飾りもないブラを見られるのが恥ずかしくて、思わず腕で胸を隠す。だが、健生がじっとしていたのはそこまでだった。

「隠さないで見せてくれ」

傍らに座った健生が、志乃の上半身を抱き寄せ、背中のブラのホックをぎこちなく外す。押さえつけていた胸が解放された。健生の美しい目に肌を晒していることに気付き、再び、痛いほど顔が熱くなる。

志乃は頷き、ブラジャーを引っかけたまま、ウエストがゴムのスカートを脱いだ。健生が手を伸ばし、志乃のハイソックスをゆっくりと脚から引き抜いた。

「小さい足だ、可愛いな」

つぶやきながら右足のハイソックスを脱がせ終え、次に、左足のハイソックスに手を掛ける。下着姿で胸を押さえた志乃は、彫像のように美しい青年に靴下を脱がされるさまを、息を呑んで見守った。

「真っ白くて綺麗。俺の足と全然違う」

そう言いながら、健生が微笑む。だがその目の中からは、いつもの理知的な光が失せていた。体勢を変え、志乃の身体にのし掛かりながら、健生が言う。

「下着も脱がせたい、全部……」

腕に引っかけていただけのブラジャーを取り上げられ、志乃は何も言えずに頷く。

志乃の合意を見て取ったのか、健生は、志乃の身体をそっとベッドの上に押し倒した。

全身を強ばらせる志乃のショーツに、健生の長い指がかかる。

もどかしいくらいの時間を掛けて、薄い布が足から引き抜かれる。身を守る物がなくなり、志乃は膝頭を摺り合わせ、力を込めて足を閉じた。

どうやって振る舞えば、何でも知っている大人の彼に笑われずに済むだろう。そんな不安が、脳裏をよぎる。

——何を……されるのかな……。

拳を握ったとき、健生がシャツとアンダーウエアを脱ぎ捨て、デニムとトランクスを足から引き抜いた。

まばゆいばかりの引き締まった裸身が目に映り、慌てて強くまぶたを閉じる。

——なに、あれ、私と全然違う……別の生き物の雄と雌みたいに違う……っ……。

どくん、どくんと大きな心臓の音が響く。

痩せて血色の悪い身体に、鍛え上げられた美しい身体が覆い被さった。

「手足がとても冷たいな。でも、これからは俺が温めるから」

すぐ目の前に健生の整いまくった顔がある。

足の間に、健生の身体が割り込んできた。

「君が大好きだから、恋人になって、君を堂々と抱けるのが嬉しい」

健生がそう言って、頬に口づける。彼の手が志乃の膝の裏に移り、大きく足を開かせた。

――あ、脚、こんなに開くの……！

あまりのことに、志乃はぎゅうっとシーツを握りしめる。

――見ないで……お願い、あまり見ないで……！

緊張で震えが止まらず、志乃はぎゅっと目を瞑った。痛いと聞いたが、きっとすぐ終わるはずだ。覚悟を決めた瞬間、予想外の場所に刺激が走った。

「え……？」

さらけ出された薄い乳房の先端に、健生が口づけていたからだ。

「あ……だめ……っ……」

羞恥心で、身体が燃え上がりそうになる。志乃は本能的にシーツを蹴り、ずり上がって逃げようとした。

だが、覆い被さる逞しい身体の下からは出られない。

小さな音を立てて、乳嘴が吸われた。生まれて初めて感じる甘い疼きに、頭の中が真っ白になる。

「な、なに……吸って……あ……いやっ……」

みるみるうちに涙がにじんでくる。身をよじっても唇は離れない。志乃は息を弾ませ、健生の頭を痛くないようにそっと押しのけようとする。

「だめです、吸っちゃ……あぁ……っ」

乳嘴に歯を立てられ、情けない声が漏れてしまった。くすぐったさと同時に、身体の奥に得体の知れない熱が生まれる。

「なんで、吸って……んあぁ……っ」

悶える志乃の脚の間の泉に、長い指が触れた。

こんな場所、誰にも触らせたことはない。足の指が反射的にシーツを摑む。乳房から唇を離した健生が、志乃の顔を覗き込み、苦しげな声で尋ねてきた。

「指でこうすると痛い？」

「え……あ、あの……んっ」

足の間に疼痛が走る。身体を起こした健生が、信じられないことに、指で志乃の秘められた場所を弄んでいるのだ。

何をされているのか気付いて、志乃の身体ががたがたと震え出す。

「い、いや、そんなところ触っちゃ……あぁ」

冷え切っていたはずの身体は、いつしか火照って汗ばんでいた。

「きついよな、ごめん……でも……」

秘裂をまさぐる指が離れ、シーツを握りしめていた志乃の手首を掴む。

「これを入れたいから」

熱くなめらかな棒に触れさせられ、志乃はごくりと息を呑んだ。

——え……っ……大き……。

驚いた志乃は、裸身を隠すのも忘れて身体を起こし、触れているそれを覗き込む。握る手にも余りそうな逞しさで、硬く、怖いくらい元気だ。

「これは、入るか……分からないですね……」

健生と裸で向かい合ったまま、志乃は真面目に答えた。

「普通だけどな」

「い、いえ、多分普通……では……」

剛直を握ったままの志乃に、健生が何かを取り出す。避妊具だ。

「付けたら、入れていいか」

健生は手早く被膜を装着した。かなりの大きさに志乃はごくりと息を呑む。

「あ、あの、でも、入らなかったらごめんなさ……あぁっ、ちょっと待っ……」

もごもごと懸念事項を口にしていた志乃の身体が、再び勢いよく押し倒された。

左脚を持ち上げられ、お腹に付きそうなほど曲げられて、大きく秘部がさらけ出される。

「や、やあ……っ」

恥ずかしすぎる体位を取らされて、身体から力が抜けていく。剥き出しの秘部に、先ほど被膜を被せたばかりの肉杭が擦りつけられた。

「な、何して、ああんっ」

「心の準備してもらおうと思って」

ずりずりと秘芽を擦られるたび、下腹部がじんじんと痺れる。奥からどろりと何かが溢れて、茂みの奥を潤した。

「だめ、そこ擦る……と……ひう……っ」

弱い場所を責め立てられ、志乃の目に涙がにじんだ。こんな恥ずかしい場所同士で擦り合うなんて信じられない。なのに身体は熱く火照り、潤んでいく一方だ。

「良かった、濡れてきた」

その言葉と同時に、健生が身体を起こす。

「少しだけ、広げるから」

片脚を摑み、持ち上げたまま、健生が言った。志乃の身体に健生の指がずぶずぶと沈み込んでいく。

「やぁ、あぁぁ……ぁっ」

逃れられない体勢のまま、志乃は自由な片脚でシーツを蹴る。指はぐちゅぐちゅと淫らな音を立てて志乃の中を行き来した。

「あぁ、だめっ、指……だめ、あ……」

暴かれたばかりの無垢な場所が、未知の快楽に悶えて蜜を垂らす。恥ずかしい音はますます高まり、志乃の理性をドロドロに溶かしていく。

「ごめん、まだ狭いけど……あの、もしかして」

「したこと……ないん……です……」

取り繕うことも忘れ、志乃は涙目で正直に答えた。いい歳して何を……とあきれられたらどうしよう。そう思った瞬間、ずるりと健生の指が抜けた。

「……そうなんだ。ごめん、いきなり触って。少し痛いかもしれないけど」

そう言って、健生が覆い被さってくる。摑んでいた左脚を肩に担ぎ上げ、志乃の顔を覗き込んで、端正な眉をかすかにひそめた。

「入りたい、ごめん、もう限界だ」

何かのスイッチが入ったかのように、欲情に満ちた声音だった。

「え、あ、あの……あ……」

何かが彼を決定的に煽ってしまったようだが、理由は分からない。吐く息が熱くて何も考えられない。戸惑う志乃の蜜口に、熱い昂りが押し付けられた。

「ああっ」

身体を強ばらせても、侵入を防ぐことは出来なかった。狭くとじ合わせた隘路をこじ開けるように、健生が入ってくる。

──嘘……こんなに……近くに……。

自分でも触れることのない場所を暴かれながら、志乃は歯を食いしばった。痛くて恥ずかしくて、それに、なぜか嬉しくて、涙が溢れて止まらない。

「痛……っ……」

「ごめん、もう少しだから」

健生の息も、志乃と同じくらい乱れていた。

身体が裂けてしまいそうだ。もう無理だと首を振っても、昂る熱杭は志乃の身体を容赦なくえぐり、ようやく奥に行き当たって、止まった。

「本当にごめん……辛いよな……」

涙目の志乃の頭を抱き寄せ、健生が掠れ声で囁く。

中がぎちぎちに満たされていて苦しいけれど、ちゃんと入ったようだ。志乃は何も言わずに手を伸ばし、健生の背中にそっと抱きついた。

健生が、志乃を潰さないよう慎重に体重を掛けてくる。

「温かくてすごく気持ちがいい……君は大丈夫か、痛い？」

広い胸に包み込まれながら、志乃はこくりと頷いた。

「ちょっと……私には大きい……から……」

呑み込まされた肉槍が、中でびくんと動いたのが分かった。健生が長い指でそっと志乃のおでこの辺りを撫で、耳元に囁きかけてくる。

「動いていい？　ごめん、痛くないようにするけど……我慢できない」

言葉が終わると同時に、必死で収めたはずの熱杭が、ずるりと動いた。

「あ……」

刺激を受けた膣壁が、強く収縮する。緩やかな抽送が始まり、志乃の中に痛みとは別の、得体の知れない熱が灯り始めた。

「最高だ……君を抱ける日が来るなんて」

譫言のように健生が言う。杭が前後するたびに、繋がり合った場所から熱い何かがしたたり落ちる。

下腹部の疼きは激しくなり、痺れに似た脱力感が、下肢を覆い尽くしていった。

「あ、あ、だめ……動くの……あぁっ」

呼吸がますます熱くなり、視界が涙で曇り始める。

「んっ、んぅ……っ」

抽送が勢いを増してきた。突き上げられるたびに漏れる嬌声を、志乃は懸命に呑み込む。

「本当に駄目……っ、んくっ」

ぐりぐりと淫芽を潰され、志乃の目の前に星が散った。まるで恥ずかしい場所同士でキスをしたようだ、と思った時、健生が荒い吐息と共に問いかけてきた。

「興奮しすぎてだめだ、イッていい……かな……」

いつの間にか涙でぐしょぐしょになった顔で、志乃は頷く。未知の行為に翻弄されて何も出来ない。貫かれた身体の熱さに悶え泣くだけだ。

「ああ、志乃」

甘い声で名前を呼び、健生が志乃にそっと口づけた。

抑えがたい震えが下肢を駆け抜ける。

わななく身体の奥から、感じたことのない愉悦が湧き出した。

再び奥深い場所が突き上げられ、執拗なほどに接合部が擂り合わされる。

「なに、これ、ん、あ……」

健生を呑み込んだ場所がうねるように波打った。何が起きたのか分からないまま、志乃は目を瞑る。

つま先が、強い快感にぎゅっと丸まった。被膜に包まれたそれが、志乃の中でドクドクと勢いよく爆《は》ぜるのが分かる。耳元で、荒い呼吸と共に、健生の優しい声が聞こえた。

「ずっと好きだった、俺は、絶対に君を大事にする」

愛しげに頭が抱え寄せられた。艶めかしい汗の匂いにくらくらする。

何も考えられないまま、志乃は素直に頷いた。熱い腕にもう一度抱きしめられたとき、不思議なくらいの安堵感が満ちてくる。

——人肌って、こんなに温かくてほっとするものなんだ……CEOって、痩せて見えるけど、すごく広い……胸をして……。

吸い込まれるように志乃は目を瞑った。そして、意識を失ったと気付く間もなく眠りに落ちていた。

どのくらい、ぐっすり寝入っていたのだろう。

少し離れた場所で、話し声が聞こえた。

——誰かが、何かを届けに……来た……？

志乃はかすかに眉をひそめ、目を開けた。

毛布を纏ったまま身体を起こすと、大きな窓の向こうに、夕日でオレンジ色に染まった広い海が見える。

極上の光景は、この部屋の宿泊客だけが独占できるものなのだろう。

贅沢すぎる眺めを独り占めして、志乃はつかの間動けなくなった。

——なんて……綺麗な海……。

ぼんやりと海に見とれていた志乃は、自分が一糸纏わぬ姿であることを思い出し、慌てぎゅっと毛布を抱きしめた。

——そういえば私、あ、あのまま、眠ってしまったんだ。一時間くらい寝ていたのかも。少し眠って頭がすっきりした。同時にとてつもない羞恥心がこみ上げてくる。

——私ったら、なんて真似を……。す、好きだと自覚したからって、その日のうちにこんな風に……っ……。

自分らしくない大胆さに顔を赤らめたとき、ドアが開く音が聞こえた。

「目が覚めたか？」

健生の、聞いたことがないくらい優しい甘い声が聞こえた。

びくりとなって振り返ると、健生が両手にトレイを持って入ってくるところだった。その上には、クリスタルガラスのグラスに注がれたジュースが載っている。

——ルームサービスを受け取ってくださった……のかしら……？

肌を隠すように毛布の中に縮こまると、健生が歩み寄ってきて、ジュースを差し出してくれた。

「はい」

——わざわざ、私の分まで飲み物を用意してくださったんだ。

志乃は手を伸ばして、それを受け取った。

「ありがとうございます、すみません、ＣＥＯ。ご用意頂いて……」

言いかけた唇に長い指が押し当てられた。目を丸くした志乃の顔を覗き込み、健生がキラキラと輝く美しい目を細める。

「そういうのは、今日からはなしにしよう」

ますます顔が赤らむのを感じ、志乃はジュースを手にしたまま目を伏せた。健生がベッドに腰を下ろし、志乃の肩をそっと抱いた。

「君は俺の恋人だ。だから二人の時は『CEO』なんて呼ばないでくれ」

何も言えずに小さく頷くと、健生が志乃の頭に頬ずりした。突然の甘いふれあいに、志乃の胸が高鳴る。

「忙しくて、毎日ずっと一緒にはいられないけど……志乃のことは一番好きで、誰よりも大事にするから」

健生の言葉に、胸がいっぱいになって何も言えなくなる。

「……わ……私も……宗石さん、を、大事に……します……」

「健生」

「け……っ、健生……さん……っ……」

消え入りそうな声で返事をすると、健生は低く笑って志乃の額にキスしてくれた。

「二人の時に『CEO』なんて呼んだら、その場でキスするからな?」

そう言って健生が笑った。志乃も釣られて笑い出す。

誰かを大事にしたいと思ったのはいつぶりだろう。綿貫や彼の家族、親友の亜子、それ

なんて、最近は思っていなかった。

皆、昔から志乃の側にいてくれた人たちだ。自分の人生に、大事な人が増える日が来るなんて、最近は思っていなかった。

に……亡き祖父と母。

「……俺を受け入れてくれてありがとう」

「は……い……」

引き締まった腕に抱き寄せられたまま、志乃はこくりと頷く。

突然変わった日常についていくのが精一杯だ。けれど……。

——やっぱり、CEO……じゃなくて、宗石さんは温かいな。

そう思いながら、志乃は熱い顔を冷やそうと、グラスをそっと頬に押し付けた。

第三章　夢みたいな恋

ホテルで一泊した、翌日曜日。志乃を家まで送って自宅に戻った健生は、即、パソコンに向かった。

――仕事が多すぎるな。ためたのは俺だが。というより、そろそろキャパオーバーに気をつけなくては。

本当は明日、会社に行くまで志乃と一緒に過ごしたかった。

急遽見つけたホテルのロイヤルスイートも居心地が良くて、また利用しようと思えたし、何より志乃が『海が綺麗』と喜んでくれて、健生のほうが嬉しくなった。

――可愛かった……本当に……可愛かったな……。

思考能力は目減りしきって『志乃が可愛かった』としか考えられない。

だが、明日の朝までに山積みの企画書を仕上げねばならない運命が呪わしい。

貪るように肌を重ね合ったことを思い出すと、幸福感と興奮で朦朧としてくる。

——今は仕事に集中しないとな。やるべきことをやらない男は、志乃に愛想を尽かされそうだ。

水曜からはシンガポール出張も控えている。試行錯誤の結果、やっとアポイントが取れた会社があって、その準備もせねばならないのだ。

海外との仕事は、禁輸事項に該当しないかとか、今後大きく育てていける案件かなど、考えることは山のようにある。

だが、今の健生は一人ではない。優秀な法務や企画の人間が力を貸してくれる。やはり、バックオフィス系人材の充実を図って良かったとしみじみ思う。

——もっとしっかり会社を育てていかないとな。

メールチェックを進めていた健生は、とある名前を見つけて手を止めた。

志乃と過ごした甘い余韻が一気に冷める。

メールの差出人は、ギルバート・アランダイン。アメリカの大富豪、アランダイン家の御曹司だ。

アランダイン・グループと宗石グループは、昔から交流があった。

日本を中心としたアジア地域に強固な基盤を築いている宗石グループと、アジア地域への進出を図っているアランダイン・グループ。

二つのグループは、十年以上も掛けてコネクションを形成してきた。

来年からは、アランダイン・グループとの大型取引が何件もスタートする。ギルバートは、宗石グループの最重要取引先のご子息なのだ。

アメリカで暮らしていた頃、ギルバートとその双子の妹キャサリンとは交流があった。ギルバートは大学の同窓で、双方の親の命令で、交流を持たされていたのだ。

しかし『お互いのグループのため、仲良くしてほしい』という親の思惑とは裏腹に、健生とアランダイン家の兄妹は気が合わなかったのだ。

健生は、舌打ちせんばかりの気分で、ギルバートからのメールの内容を確認する。ネットに公開されている『パーティお誘いのお礼』をコピーしたような文章だった。

——相変わらずやる気ゼロだな、お前は。

ギルバートが任されているのは、主にアランダイン・グループの孫会社であるＩＴ企業の仕事だ。今回のグループ協業案件も彼がカウンター・パートになるだろう。

グループ間取引に占める額は少なめとはいえ、お互いの会社にとっては、かなり大きな取引となる。

だが、ギルバートは、自分の仕事に熱意を抱いていないようだ。

昔から、興味がないものには徹底して反応しない。なにごとにも消極的で、普段はひたすら妹キャサリンの言いなりだ。

ただし、一度何かに興味を持てば、スイッチが入り、別人のようになる。キャサリンが泣こうが喚こうが無視して、自分が興味を持ったことだけに熱中するのだが……。

――いくらグループ間取引の一部とはいえ、ギルバートと仕事をするのは嫌だ。あいつはまともに働かない。自社の貴重な労力を、あいつとの仕事に割きたくない。

健生は昔から、動物的な勘が人一倍鋭い。ギルバートと組むのは時間の無駄だからやめておけ、という本能の声が聞こえて仕方ないのだ。

それに、いくら子会社とはいえ、MT&R社には宗石グループにお膳立てされた仕事など不要だ。この会社の経営に責任を持ち、育て上げるのは健生自身だ。いらない案件を増やしたくない。

健生は渋面のまま、ギルバートのメールの続きを読む。

メールの後半部分に目を通し終えた健生は、重苦しいため息をついた。

『キャサリンがケンに会いたいと言っている。宗石グループのパーティに彼女も出席するそうだ。一緒に日本につれていくよ』

――最悪だ。来なくていい……！

兄も嫌いだが、妹のほうはもっと嫌いだ。健生がアメリカにいた頃、しつこく付きまとってきた相手だからだ。

キャサリンは『私は特別な人間だ』と、心の底から信じているタイプの女性である。

付き合う男も、普通のセレブなどでは物足りないらしい。

そのせいか、御曹司でありながらアメリカでの自活を目指していた健生に興味を示し、『優秀な日本人の貴方をパートナーにすれば、今よりもっとドラマティックな人生を送れそう』と、しつこく言い寄ってきた。

君を好きではないし、交際も無理だ、とストレートに断っても『その障壁こそがドラマティックなの』と言い張り、手に負えない。

――志乃以外の歴代秘書といい、キャサリンといい、俺に付きまとってくる女性はしつこすぎるな。結婚したいと言われても困る。俺にも選ぶ権利はあるはずだ。

両親は健生の結婚には一切口を出さない。

キャサリンに関しても『適当に仲良く付き合え、お前に任せる』と言うだけだ。

しかし、宗石家の親族は、健生に対して『アランダイン家のお嬢様』との国際結婚を勧めてくる。アランダイン・グループとの結びつきが深まれば、宗石グループにとっても有益だからだ。

だが、キャサリンのような女性をパートナーにしたいはずがない。

性格の悪い女と結婚し、仕事を恵んでもらうなんて絶対にお断りだ。

ギルバートと組まされるであろう協業案件も拒絶したい。

やる気のないギルバートに、仕事を台無しにされるのは目に見えている。

だから健生は、宗石グループから押し付けられた、この協業案件を破棄しても大丈夫なよう、代わりの『軸となる仕事』を探して必死に営業活動をしているのだ。

ＭＴ＆Ｒの技術力を正当に評価し、対等に商売をしてくれる相手を一社一社開拓していかなければだめだ。

自社の価値は、ＣＥＯである自分が一番よく分かっている。

――たとえ父さん……宗石グループにも、口は出させたくない。本体から割り振られた仕事ではなくて、うちの会社の価値を高める仕事を選んでいかなければ。

気がつけば、苛立ちとストレスで身体が強ばっている。

健生は意識して肩の力を抜いた。

志乃の可愛い寝顔を思い出してみたら、自然に顔がほころんだ。

健生の二の腕に頭をくっつけて熟睡している顔が本当に可愛かった。今度写真に撮っていいか聞いてみよう。

これから先、何をしたら志乃を楽しませられるかと考えると、心の底からワクワクする。弁当作り以外に、堂々と志乃に接することができる毎日が来るなんて夢のようだ。

思わず笑みを浮かべたとき、スマートフォンがメール着信を知らせた。ギルバートかキャサリンだったら無視しよう。

眉根を寄せてスマートフォンを確認した刹那、健生はぱっと顔を輝かせた。

――志乃からだ。

心臓が高鳴り、感じていたストレスが一瞬で消える。嬉しくて、からっと心が晴れた。

『お疲れ様です、そろそろ寝ます。健生さんも寝てくださいね』

――絵文字が付いている。あの真面目な志乃が、俺にハートマークの入ったお休みなさいを……。消さないように保存しなければ。

次から次へと起きる問題など吹き飛び、頭の中に桜吹雪が舞い狂う。

『志乃の自撮り写真を、今撮って送って。ほしいんだ』

欲望に正直なメールを送ったら、すぐに返事が返ってきた。

『お風呂上がりなので×です。眉毛描いていません』

――可愛……いい……な！

幸せの圧がすさまじすぎて目眩がした。ちなみに志乃は普段ほとんど眉を描いていないと思う。だが、女性のお化粧には色々なこだわりがあるのだろう。

『眉毛がない君も見てみたいんだけど』

緩みきった顔で更に強請《ねだ》ると、しばらくして謎の猫画像が送られてきた。友達の家の猫らしい。

確かに猫に眉毛はない。予想外の写真に、健生は笑みを漏らした。

他愛ないやり取りが楽しくて、心が温かくなった。

彼女がいれば多少の、いや、心折れそうな困難でも耐えられる気がする。

メールの返信文章を考えていたら、口元が勝手にほころぶ。

こんなにも、心が幸せ一色になるのは久しぶりのことだ。

志乃に告白せず、個人的な喜びが何もないまま突っ走っていたら、数年以内に潰れていたかもしれない。

本当に志乃が好きだ。彼女が秘書ではない顔を見せてくれるのが嬉しい。

――彼女がずっと、俺のことを好きでいてくれるといいな。

ともあれ、まずは、目の前の仕事をこつこつと片付けなければ。目を背けたところで、会社の方には課題が山積なのだから。

――よし、頑張れそうだ。とりあえず出張中もまめにメールしよう。

気合いを入れつつ、健生はもう一度志乃からのメールに目を走らせて、微笑んだ。

◆

土曜日の夕方、志乃は、超高級ホテルのロビーの隅にたたずんでいた。

健生に指定された待ち合わせ場所だ。

――今週は普通に仕事が出来てよかった。

志乃はそっとスマートフォンを取り出し、出張中の健生から来たメールを開いた。これは、出張初日に来たメールだ。

『出張ばかりなので、できるだけメールします。地球のどこにいても君を思うのはやめないと思う』

——どこからこんな甘い言葉が出てくるんだろう。

照れくさすぎて変な声が出そうだ。うっすら汗をにじませながら、志乃は出張中の健生から送られてきた、たくさんのメールを読み返す。

『シンガポールは少し早めの雨季に入ったのか、少々肌寒いです。プルメリアの季節が終わって寂しい。俺が一番綺麗だと思うのは白のプルメリア。志乃みたいな花です』

——ロマンチック大爆発ですね……。

爆発しそうに赤い顔で、他のメールを確認する。

健生は結構筆まめだ。彼からメールが来るととても嬉しいのだが、どのメールも内容を真顔で読むのが難しい。

『ホテルの部屋に蘭の花が飾ってありました。美しいです。君の顔を見られなくて寂しいので、この花に心を慰めてもらおうと思います』

——私の十倍くらい女子力ありそう……私、お花なんてほとんど気にしないのに。

でも、健生の楽しげな様子を思い浮かべたら、志乃の口元もほころんだ。

好きな人の幸せそうな様子ほど心が温まるものはない。そう思いながら、次のメールを読み返す。

『アップグレードしてもらったスイートが、とてもいい部屋だった。独り占めにするには勿体ないくらい素敵な場所だから、いつか君を連れてこなくては』

『最近寝る前に、しみじみと君に恋して良かった、告白して良かったと思う。こんなに素敵な時間が待っていたから。本当にありがとう』

『明日やっと日本行の飛行機に乗れます。こんなに長い二泊三日は初めてだ。君を愛しています』

——……どんな顔して出迎えればいいの。

何度読み返しても、未だに悶絶する。甘い言葉に溺れそうだ。

世の中の恋人同士は、どんなメールのやり取りをしているのだろう。

志乃の心の中に、まだ、『CEOが自分の恋人なんて信じられない』と感じている部分がある。なので、気恥ずかしいのかもしれない。

——そろそろいらっしゃるかしら？

昨日の夜にメールで教えてくれた帰国日程よりも、予定が半日ほど押している。

——新規案件のための営業って仰ってたけど、そんなに案件を取ってどうするんだろう。社員採用を増やして対応するのかな。

ＭＴ＆Ｒ社は今、アメリカのアランダイン・グループの子会社との業務提携を進めている。宗石グループとアランダイン・グループが包括的な契約を結んだ結果、子会社へも多くの仕事が回ってきた。

これから数年は、その案件がＭＴ＆Ｒ社の収入の軸になるはずだ。

だが、アランダイン・グループとの案件に集中するはずの健生は、なぜか『新規の客先探し』のためにあちこちに飛び回っている。

先々週のアメリカ出張時も、大学時代のツテを辿って、シリコンバレーのベンチャー中心に営業して回る予定を入れていた。

――何かお考えがあるんだろうけど、ハードワーク過ぎてちょっと身体が心配。

そう思いつつ、志乃は周囲を見回す。

創業百年を超える老舗の品格あるたたずまいに、なんだか圧倒されそうになる。

顧客のアテンドで訪れたことはあるが、個人で利用するのは初めてだ。

――絨毯もふかふかで、ホテルマンの方々も上品な感じ……。

ぼんやりとセピア色の空間を見つめていた志乃は、歩いてきた健生の姿に気付き、顔をほころばせた。

辺りを払うような威厳に、堂々たる体軀。居並ぶ人々の視線が、一斉に健生に注がれるのが分かった。

釣られて姿勢が伸び、無意識のうちに、秘書モードがＯＮになる。

「お疲れ様です、ＣＥＯ。お荷物をフロントに預けて参りますね」

だが、カートを受け取ろうとした瞬間、健生の大きな手が、志乃の肩を抱き寄せた。人目も気にせず、堂々と額にキスされる。

「ただいま、志乃」

唇の柔らかさを感じた刹那、一気に志乃の全身に熱い血が巡った。秘書モードは、口づけ一つであっさりＯＦＦになる。

「あ、っ、あのっ、お帰りなさいませ、Ｃ……宗石さん……」

「違う。健生だろう？　もしかして、もう一度キスしてほしいのか？　じゃあ……」

柔らかく途切れた言葉に続いて、今度は頬にキスされた。間近でこちらを見ていた西洋人のマダムが『仲良しね』とばかりにウインクを投げてくる。

――恥ずかしい……！

恋人みたいな振る舞いに動揺してしまったが、実際に、恋人なのだ。だからキスくらいされても不思議はない。そう言い聞かせても、激しくなった鼓動は全く治まらなかった。

「行こうか、食事に」

志乃の手を取って、健生が微笑む。いつも見ているはずなのに、綺麗だなとうっとりしてしまった。

「空港から直接ここにいらっしゃったんですか？」

「諦めかけてた営業先から急遽連絡があって、最後にもう一件アポを入れて会ってきたんだ。よれよれの格好でごめんな、デートなのに」

やはり、ギリギリまでシンガポールで仕事をして、ここに駆けつけたようだ。

「さすがにお疲れですよね。今日はお食事したらすぐ解散しましょう」

「食事を終えたらここに泊まるから問題ないよ。君と一緒に」

「え、あ……あの……あ……」

手を繋いだまま、志乃は口をパクパクさせる。

強引な誘いになんと返せばいいのか分からない。それに……。

——着替え……を……持って来ていません……。

付き合っている人と食事に行くなら『泊まろう』と言われても不思議はないのに、恋愛と縁遠すぎて気が利かなかった。

——CEO、じゃなくて、海外帰りの健生さんは疲れてるだろうと思って。でも、その気の回し方、違ったんだな。どうしよう。

青くなったり赤くなったりしつつ、ホテルの長い廊下を歩いた。

グランドロビーに着くと、健生が志乃をソファで待たせ、受付へ歩いて行った。

ホテルマンに荷物を預け、何かを話して署名をしている。

——部屋を予約なさってるのかな？　こんな高級ホテルに、デートのために……？

荷物を預けて戻ってきた健生が、志乃の肩を抱き寄せて言った。

「食事に行こう。レストランは二階だ」

困惑の極に達したまま、志乃は頷いた。

——あとで、着替え取りに行かせて貰えばいいかな？

腕時計を確認する。まだ夕方の六時だ。食事をしても時間は十分にあるだろう。

そう思ったのだが。


——久しぶりにお酒飲むのが楽しすぎて、言いだせませんでした……ッ……！

フレンチのフルコースのあと、オーセンティック・バーに誘われ、健生に促されるままに美味しいお酒のグラスを傾けた。

恋しい彼のきらめく美貌や笑顔に見とれていたら、ワインもジンもテキーラもブランデーもカクテルもどんどん進んでしまい、『楽しいこと優先でいいかな？』という気分になってしまったのだ。

その結果、最後のほうは『ま、下着だけ洗えば大丈夫だよね』と気が大きくなった。

そして、別棟のロイヤルスイートに連れ込まれて今に至る。

――さ、さすが、やり手……行動に一切無駄がない……私ってば、同じ部屋に泊まるのに、下着をどこに干す気だったの……健生さんの、目の前に？　飲んでいるときの私って、勇気ありすぎじゃない……？

だが『いつどこで洗うのか』計画を練っていられたのもそこまでだった。

部屋に入るなり、すぐ横の壁に押し付けられ、前触れの言葉もなく唇を奪われた。

逞しい腕に閉じ込められ、逃げられないまま絡みつくようなキスに溺れる。

――あ、こ、これ……壁ドン……っていう……ヤツでは……？

志乃の身体を壁に繋ぎ止めたまま、健生が執拗な口づけを繰り返す。

そういえば彼はあまり飲んでいなかった。

珍しくはしゃぎ、大好きなお酒を飲み続ける志乃を『強いんだな』と言いながら笑顔で見守っていただけだ。

熱を帯びた舌が、お酒の匂いのする志乃の口腔をゆっくりと押し開く。

キスだけでは終わらないと予告するような、執拗な愛撫が舌先で繰り返される。

「ん……う……」

志乃は健生のジャケットを掴み、膝を震わせながらひたすらキスを受け止める。

一分近くねっとりと唇を合わせたあと、ようやくキスは終わった。同時に志乃の着ていたフレアスカートの下に、健生の手が滑り込んだ。薄いスカート生地はまくられ、片方の足が付け根まで丸出しになる。

「あ……あの……」

健生は志乃の耳元に唇を寄せ、低い声で囁いた。

「一緒に風呂入らないか？」

「え、ええっ、あの、私、お風呂の前に、家に一度……ッ、あ」

「なにこれ？　靴下みたいになってるの？」

「は、はい、そうです、あの……」

ロングソックスタイプのストッキングのはき口を不思議そうに辿っていた指先が、ショーツに触れた。

「……あ……」

志乃は声を漏らし、身体を強ばらせる。健生は志乃に覆い被さるような姿勢のまま、足の間に膝を割り込ませてきた。

完全に逃げられない体勢になってしまった。

微動だにできない志乃のショーツの下に、長い指がそっと割り込んでくる。

「あ、あ……どこに……手を……」

「ここだけど？」

指先が、薄い茂みの縁を擦った。志乃の身体がびくんと震える。

「でも、本当に触りたいのはこっち……かな……」

「っ、あ、あ、駄目……っ……」

志乃は必死に腕を突っ張り、健生の身体を押しのけようとした。

だが、分厚い胸は微動だにしない。

「触っちゃ……だめ……んっ……」

指先が、和毛《にこげ》の奥に埋もれていた芽に触れる。秘裂がきゅっと収縮し、身体の奥から熱いものがにじみ出してきた。

「で、俺とセックスせずに家に帰るって言ったわけか？　可愛い酔っ払いさんは」

あからさまな台詞に、志乃の頬がかぁっと赤らんだ。

「でも、私、明日の分の着替えがなくて。せめてコンビニに」

下着だけでも……。そう思ったが、今夜は一秒たりとも放してはもらえないようだ。

「一週間お預けで頑張った俺を、もうちょっと焦らすのか？　へえ……すごいプレイだな、そのうち付き合わせてもらう」

「ぷ……プレイ……とかじゃ……あぁ……っ！」

「だけど今日は駄目だ。俺と風呂に入ろう」

「ひ、っ、何して……っ、やぁんっ」

脚の間に割り込んだ手が、下着の奥で悪戯に動き始めた。

「や、あ、ダメ……ダメぇ……っ……」

割れ目をぐちゅぐちゅと音を立ててまさぐりながら、健生が耳朶をそっと噛んだ。からかうような愛撫に、志乃の膝がかくかくと震え出す。

「風呂、行くよな?」

「は、はい」

広い背中に縋り付きながら、志乃は頷く。悪戯な指先は、ようやく離れた。健生は大きな手で志乃の手首を摑むと、足早にバスルームに向かう。

お風呂が広い、と感動する間もなく、スカートのホックが外され、床に落ちた。健生はもどかしげにネクタイを引き抜き、高価そうなワイシャツを脱ぎ捨てた。

引き締まった胸が露わになる。上半身裸になった健生は、志乃の薄いニットに手を掛けながら、耳元に囁きかけた。

「俺のベルトは、志乃が外してくれる?」

志乃はごくりと息を呑み、言われた通りにバックルを外して、恐る恐る引き締まったウエストから引き抜く。

その間にも額に何回もキスされ、羞恥に汗がにじんでくる。

——お……大きく……なっ……。

ズボンの下で、熱を帯びたそれがはち切れそうになっているのが分かる。

赤面して上目遣いで見つめると、健生はズボンの後ろポケットから何かを取り出し、志乃の手に握らせた。

「なんですか、これ……あ……」

間抜けな質問をしたあと、志乃はあまりの決まり悪さにそれを握りしめる。避妊具のパッケージだ。思わず掌に握り込むと、健生が足元にかがんだ。

「これも脱いで」

「あぁっ、自分で、自分で……っ！」

志乃は大慌てで、中途半端に下ろされたストッキングを足から引き抜く。ブラとショーツだけの姿になり、健生に背を向けて、下着を脱いだ。

――か、隠さなきゃ……隠さなきゃ無理……っ……。

タオルで肌を覆い、振り返ると、健生がさっさと腰にタオルを巻いて、洗い場に入っていくところだった。志乃はタオルで懸命に身体を隠したまま、彼について行き洗い場を覗き込む。

二人で入るには勿体ないくらい広くて贅沢だ。もちろん、こんなバスルームを使うのは生まれて初めてである。

「わぁ……広いですね……」

「はい、水」

開栓したペットボトルを差し出され、志乃は片手で素直に受け取った。このホテルは、外国メーカーの高級ミネラルウォーターまで完備されているらしい。

――すごい……何もかも初めて……煌びやかだな。

しげしげと洒落たボトルを眺める志乃に、健生が微笑みかけた。

「飲んだあとは、水分を補給した方がいい」

「ありがとうございます、お風呂場にもこんなものが準備されてるんですね」

素直に水を半分ほど飲み終えたとき、健生が手を伸ばして、スッと志乃のタオルを抜き取った。

「きゃぁぁぁっ」

反射的に志乃はしゃがみ込む。

「タオル何のために巻いてるの？　邪魔だろ？」

真面目な顔で問われ、志乃は爆発しそうなほど赤くなって反論する。

「な、な、なんでって、なんでって……っ……恥ずかしいからですっ！」

うずくまったまま、タオルを取り返そうと手を伸ばすが、返してもらえない。

「俺も裸だって。お互い様だからいいだろう？」

志乃は諦めて、羞恥をこらえて立ち上がった。

右手に避妊具を持たされ、左手にはペットボトルを持ったままだ。どこかに置くところがないかな……ともじもじしながら広い浴室を見回したときだった。

シャワーを浴びていた健生がくるりと向き直り、もそもそと身体を隠そうとしてる志乃の両手首を摑んだ。

「やだぁ……っ！　なっ、なにして……っ！」

「なにって、見たいんだよ。今週ずっと、志乃の身体を見たくて、見たくて、どうしようもなく見たいのに我慢してたんだ」

視線を下げると、自分の全身の肌が真っ赤になっているのが分かった。

両手を押さえられ、胸もお腹も脚も丸出しのまま、志乃は震え声で抗議する。

「や……っ、あのっ、私、たらふく飲んだのでお腹が丸く……あああっ！」

「俺も恥ずかしいんだって、こんなになってるのが志乃にバレて。お互い様だ。さっきも言った通り」

健生の言葉に、志乃はちらっとその場所に目をやる。濡れたタオルでは隠しようもない状態なのが見て取れた。

——う……本当だ……元気……すごい……。

ますます恥ずかしくなり、お腹の奥がじくじくと疼き始める。

抗うたびに乳房が弾んで揺れるのが恥ずかしくてたまらない。

「君にはいろんな表情があって、全部可愛いな。さっきも可愛かった……普段しっかり者のくせに、気を抜くとあんなに飲むなんて」

「あ、あの、バーのお酒が生まれて初めてってくらい、美味しかったんです。それに、でっ、で……っ、デートできたのも嬉しくて、つい、気が緩んで」

小声で言い訳すると、こめかみに軽くキスされた。

「あんなに飲めるなんて意外だった。でも可愛い。君のその可愛い顔でニコニコされたら、治まるものも治まらなくなる」

――本当に治まら……ない……ですね……。

志乃は再び、一瞬だけちらっとそこに目をやった。羞恥心にますます身体中がむずむずしてきた。

それにしてもすごい力だ。全く振りほどけない。

下手をすれば、このまま志乃をひょいと持ち上げかねない。

「こ、こんな、明るいところで……恥ずかしいです……っ」

「明るいところでは禁止？　暗いところではＯＫだったのに、どうして？」

揺れる乳房から目を離し、健生がきょとんとした顔で尋ねてくる。からかわれているのは分かるのに、志乃はムキになって答えた。

「アラが見えないから！」

「ん？　アラ？　そんなの志乃の身体にあったっけ？　どこ？」

手首を縛《いまし》めたまま、健生が真顔で身を屈める。

「……っ、あの、あの……痩せてるくせに、なぜか、お腹にだけ余分な肉が付いていますので……っ……」

健生の頭がゆっくりと下がっていく。

同時に、志乃の腕を縛める指が離れ、志乃の背中に回った。

「やはり、アラなんてなさそうだが?」

乳房のすぐ側で声がする。

——ま、まずい……。

なにかされる、と直感した瞬間、胸の尖りに甘い刺激が走った。

「ふぁっ」

硬くなり始めた乳嘴を吸われ、志乃の喉から間の抜けた声が漏れる。

「っ、あ、なに吸って……あぁ、駄目ぇ……っ……」

じゅく、という音と共に、柔らかな肌に軽い疼痛が走る。吸われるたびに息が乱れ、志乃は嬌声を押し殺す。

「ど、どうして……そん……あぁ……っ……」

吐き出す息が熱くなる。

健生の頭を押しのけようとしたが、駄目だ。

「いや、恥ずかしいから、いやぁ……っ……あ……」

抗う声は、だんだんと甘えるような、頼りないものに変わっていく。

ざらざらした舌が、硬く立ち上がる乳嘴を優しく転がした。

「ん、ふ、んっ……あ」

吸われ、弄ばれるたびに、唇から切れ切れの吐息がこぼれる。目に涙の膜が張って力が入らなくなってきた。

「宗石……さん……」

「何……？　まだそんなに他人行儀に呼ぶの？」

唇は静かに乳嘴から離れ、ゆっくりと乳房の膨らみを辿って、下へと降りていく。下乳の柔らかな部分にキスされ、志乃の身体がびくんと揺れた。

「ひぅっ」

健生の肩に手を置き、志乃は無意識に両脚をとじ合わせた。シャワーの温かな飛沫が身体に掛かり、汗も涙も洗い流していく。

志乃の漏らす喘ぎと、肌を吸い上げる淫らな音は、水音に紛れてほとんど聞こえない。

「だめ、もう、くすぐったいです……っ」

おへその脇辺りにキスされて、志乃はたまらず声を強めた。

「じゃ、洗おうか」

健生は、志乃の身体にキスするのをやめ、大きな手に大量のボディソープを押し出した。

「お互いに洗い合おう」

「ひ……っ……」

初心者に対して、ハードルが高すぎる。涙目になった志乃に構わず、健生は器用にボディソープを泡立て、志乃の肩の辺りに塗りたくった。

「君は、本当に、身体中、可愛いな」

「普通ですよ？　良く見てください、あ、いえ、やっぱり見ないでください……」

「俺のことも洗ってくれよ。それから、名前は呼び捨てにしてくれ」

全身燃え上がりそうに熱い。見れば、実際に肌が赤く染まっている。お湯を掛けているだけなのに、のぼせてひっくり返りそうだ。

肩や背中を丁寧に洗われつつ、志乃もボディソープに手を伸ばす。

パッケージを握っている方の掌で泡立て、空いた片手で泡をとり、遠慮がちに健生の脇腹の辺りを撫でさすった。

——背が高いなぁ……無駄な肉が全くない……どうなってるんだろう？

手を伸ばし、上の方も洗おうと思った瞬間、泡だらけの手が志乃のお尻をぎゅっと掴んだ。突然の衝撃に、身体の中心に甘ったるい痺れが駆け抜ける。

「いやぁあっ！　なにっ、どこをっ」

肉の薄いお尻をこね回しながら、健生が笑った。

「ははっ、怒った。怒っても可愛いな。で、俺の名前、呼んでくれる?」

「け、健生……さん……」

「ケンだってば」

「やだ……っ……や……は、ぁ……っ……」

他愛ない話を交わしながらも、彼の長い指は、だんだんといけないところへ伸びてくる。同時に、抱き寄せられた志乃のお腹に硬いものが当たった。

——すごく元気……。

ごくん、と息を呑むと、健生が悪戯っぽく囁いてくる。

「タオル外して洗ってくれないか。……それともこんなものに触るのは嫌か?」

志乃は首を横に振り、震える手でそっとタオルを外した。力強く飛び出したそれに、遠慮がちに手を添える。

——い、痛くないように……優しく……。

緊張と羞恥で爆発しそうになりながら、志乃は愛しい男の分身に手を添えた。掌に伝わるじっとりした熱に、教えられたばかりの快楽が蘇る。

どんな風に抱かれ、恥ずかしい姿で泣かされたのかを思い出すと、お腹の奥が抑えがたく疼き始めた。

――これは口に咥えておこう。尖ってるから、当たると痛そうだもんね。

両手を使おうと避妊具のパッケージを咥え、絡みつく健生の腕からなんとか自由を確保し、ソープを泡立てて、そっと屹立に手を添えた。

「し、志乃……なんだその体勢……あの……」

健生がごくりと喉を鳴らす。掌に昂りを包み込むと、手の中でひくんと脈打った。

「き、君は……何事も真剣で素晴らしい人だけど、そんな……」

――硬いな……へえ、じっくり見たことなかったけど……なる……ほど……大きくなるとこんな風になるのね。

改めて見て触れると、愛おしいな、と思えた。

赤い顔のまま恐る恐る、それを洗う。時々びくん、と震えるものの、硬くて熱く、とても逞しい。

丁寧に雁首の辺りを洗い、次にもう少し下の方を……更には、もっと別の場所も、と考えた時だった。

「……もうだめだ、我慢できない」

健生の声が耳元で掠れた。志乃の腰を大きな手で摑んだまま、健生がバスルームの床に腰を下ろした。

「俺に乗って」

強引に抱き寄せられ、志乃の抵抗心はあっさりと失せた。逞しく反り返るそれが、志乃の下腹部に当たる。

「ゴムを貸して」

志乃は慌てて咥えていたパッケージを手渡そうと、口を開いた。

肌を交わす相手には、一応自分の身体のことくらいは言っておこう。そう思いながら、口を開いた。

「私……生理不順でピルを飲んでるので、そ、その、こっ……子供とかはご心配なさらないでください。病気なども、婦人科でチェックしているのでないと思います」

「あのさ」

膝に乗ったままの志乃を抱きしめて言った。

「そんなこと言われると、じゃあ生でやらせてくださいって言いたくなるけど？　志乃が薬うっかり飲み忘れたら、責任を取らせてもらえるってことだろう？」

「い、いいえ、それは違いま……んっ……」

最後まで言えなかった。健生が、獣のように激しく志乃の唇を奪う。お腹の奥が疼いて涙がにじんだ。避妊具が手から落ち、お風呂の床で乾いた音を立てた。

「駄目だ、もう……これを志乃の中に入れさせて」

健生が志乃の手を取り、剝き出しの怒張に添えさせた。強引な仕草に、志乃の鼓動がますます速くなる。

——あ、あれ、こんなに大きかったっけ……？

動揺しつつ、志乃は腰を浮かせた。

「ゆっくり俺の上に腰を落として……そう……」

片方の手を健生の広い肩に置き、もう片方で屹立の位置を固定して震え声で尋ねた。

「あ、あの、ちゃんと入るか分からな……っ」

「痛かったら止めるから、来て」

欲に掠れた声音に、志乃の蜜窟の奥がきゅんと収縮する。恐る恐る腰を落とすと、生の肌が、泉の中心に触れた。

——お、大きいけど……思い切って……っ……。

志乃は息を止め、逞しい肉槍を、自分の中に受け入れた。ぎしぎしと押し開かれる感覚がする。先端のくびれを呑み込んだだけで違和感でいっぱいになり、動きを止めた。

「あ、あの……どうしてこの前より……大……あ……っ……」

こんなものを無理やり入れたら大惨事ではないだろうか。前に抱かれたときに大丈夫だったのは、姿勢が違ったからなのか、それとも……。

——どうしよう……痛い……。緊張してるから？

「痛いか？」

志乃の腰を支えていた健生が、驚いたように尋ねてきた。

いつになく呼吸が速くて、彼の感じている興奮と期待が伝わってくる。

きっと、早くしたくて辛いのに、我慢しているのだ。慣れていない志乃のために。

志乃は歯を食いしばり、健生の唇に軽くキスをした。そして、勇気を出してゆっくりと身体を沈めていく。

「あ……う……っ……」

ぎゅっと目を瞑ったとき、健生が優しく志乃の腰を抱き寄せた。

「そこまででいいよ、無理するな……ごめん……」

「……っ、あの……っ……」

広い肩に縋り付き、志乃は息を呑む。

「俺は、志乃が好きだから繋がりたいだけなんだ、ここまででも大丈夫」

抱きしめた健生の身体はかすかに震えている。志乃も怯えているが、彼だって、こんな体勢で寸止めされて苦しいのだろう。

「あ、あの、私も、好きだから繋がりたい……です……」

志乃はそう言って、健生にしがみつく腕に力を込めた。腕の中の大きな身体が、ますます熱くなった。すぐ側で、健生がごくりと喉を鳴らす音が聞こえた。

「好きなんです。好き……」

健生が何も言わずに、志乃を抱く力を強める。

肌と肌が重なり合い、薄い乳房が、厚い胸板で押しつぶされた。

「嬉しい、好きだ、俺も」

艶のある甘い声が、志乃のお腹の奥をひくひくと震わせる。

——どうしよう。もう引き返せないくらい好きになっちゃってる。

頭の片隅で、人肌の感触は偉大だと、ぼんやり考えた。彼の温もりのお陰で、恐怖も不安も薄れ、柔らかな愛おしさで胸がいっぱいになるからだ。

「私、最後までしたい……です」

緊張でがちがちだった身体がゆっくりとほぐれていく。

「だ、だから、ちゃんと奥まで……っ……あぁ」

腰を支える、健生の手の力が緩んだ。自重で沈み込んでいくと同時に、蜜窟がゆっくりと押し広げられていく。

「ひ……あ、大きい……やぁ……」

反射的に腰を浮かしかけながら、志乃は思い切って身体を沈めた。

秘裂の奥に、はち切れそうな違和感と、粘膜を焼かれるような熱を感じる。

ずぷり、という音がして、蜜口に硬い毛が触れた。

「ん……う……っ……」

硬い棒を身体の中に押し込まれたように感じる。お腹の奥の奥を押し上げられていて、破れそうで怖かった。

「入りました」

受け入れた熱の塊が、柔らかな粘膜の中でびくりと揺れた。呑み込んだものが、ひどく大切なものに感じられる。

「痛くない？」

健生は志乃の腰から手を離し、顔を両手で包み込む。そして、いつの間にか頬にこぼれていた涙を舌先でぺろりと舐めた。

——くすぐったい……。

志乃が目を細めたとき、健生の両手が、志乃のお尻の辺りを摑んだ。

「限界だ。動いていいか？」

柔肉を摑む指の力が増す。頷くと同時に、志乃の身体は健生の手で、軽々と上下に揺さぶられた。

「やぁぁっ、あぁ、駄目、急に、あぁんっ」

肉槍を咥え込んだまま、志乃の痩せた身体が弾む。

ずちゅぐちゅと大きな淫音が響き、志乃の理性はどろりと溶け去った。

「だめ、揺するの、あぁっ、あぁ……！」

「痛いの?」

「ち、ちが……はぁんっ、あ」

大きく開いた内股がふるふると震え出す。息が乱れ、目の前が霞み、もう何も考えられない。

お腹の中いっぱいに受け止めたものが、焼けるくらい熱くて、志乃をおかしくさせる。

「ひ……あ……また硬く……んぁ……っ……」

健生の息が濡れた髪にかかる。汗の匂いに包まれ、志乃は無我夢中で広い背中に抱きついた。

『こんなに好きになってしまって、どうしよう』という言葉が頭の中をぐるぐる回る。生まれて初めて、男の人に対して恋情を覚えた。荒々しく貫かれながら、志乃は濡れた身体を抱く腕に力を込めた。

——好き……。

「ああ……やっと君の中でイける、志乃……っ……」

健生が顔を傾け、志乃の唇を貪るように奪った。口の中も、蕩けた陰唇の奥も、全部健生でいっぱいだ。食べ尽くされてしまう、と思った時、今までにない激しさで恥骨同士が摺り合わされた。

「やぁ……あぅ……っ……」

雄槍が中で痙攣し、お腹の一番深い場所に粘性のある熱がまき散らされる。同時に、力の入らない志乃の背中が大きな手で支えられた。

「苦しかった？　ごめん……」

抱きしめられたまま志乃は首を横に振った。

歯止めが利かない。本気で拒めば振り払えるはずなのに、彼には全部許してしまう。心の壁が、紅茶に投げ込んだ角砂糖のようにグズグズに溶けて消えていく。

――こんな人が側にいたら、好きになっちゃって、当たり前……。

好きという感情は、諸刃の剣なのだと思う。

「身体を洗おう。立てるか？」

健生が軽々と志乃の身体を持ち上げながら言った。中を満たしていたものが、粘着質な音と共に抜ける。

お腹の中に吐き出された熱と、身体から溢れた蜜が、しとどに内股を伝い落ちた。

――もう、戻れないんだろうな、健生さんが他人だった世界には……。

そう思い、志乃は健生の言葉に頷いた。

◆

健生が、志乃と付き合い始めてから半月ちょっとが過ぎた。

表参道《おもてさんどう》の街を歩きながら、健生は傍らで微笑んでいる志乃を見つめる。

太陽の下、間近で見る彼女は色が抜けるように白くて、本当に綺麗だ。

隣にいるだけで、彼女の優しい気配に包まれて心が満たされる。

秘書としててきぱき何でもこなす志乃も、二人でいるときのおっとりした可愛い表情の志乃も、どちらも好きで大切に思えて、幸せな気持ちになれた。

「このニットの色合い、健生さんに似合いますね」

三ヶ月前、ヨーロッパ出張の帰りに空港のブティックで買った品だ。

日本の正規店が撤退し、入手しづらくなっていたカシミア製品の老舗のもので、とても気に入っている。

「ふふっ、柔らかい」

志乃が楽しげに、細い指で健生の腕を撫でた。他愛なく触れられるだけで有頂天になり、志乃への愛おしさが胸にあふれる。

「今度ヨーロッパ出張のときに、君のものも買ってくる。何がいい？　ニット？　ストールの方が使いやすいかな」

勢い込んで尋ねると、志乃は笑顔のまま首を横に振った。

彼女は何もほしがらない。それは秘書として働いているときも、今も一緒だ。

――無欲だな、俺は君に何かあげたいのに。

そう思いつつ、健生はふと、大きなショウウィンドウの前で足を止めた。

某国の王室御用達である、ハイジュエリーブランドの店舗だ。秋めいた飾り付けのディスプレイの中には、まばゆく光るジュエリーが並んでいる。

――志乃にはプラチナかホワイトゴールドが似合いそうだな。

健生は、虹色に輝くダイヤを眺めながら思った。

昔から、実家の母がジュエリー好きで、家には多数の宝石商が出入りしていた。

その際に、健生や兄弟は、母や出入りの宝石商から、ジュエリーの善し悪しを叩き込まれた。

将来恋人に贈られるときに、適当なお品を選んではいけませんよ、と。

当時は興味がなかったが、今頃になってあの知識が役に立ちそうだ。

――ふうん、値札に品質まで明記しているのか。品物に自信があるようだ。

この店なら、志乃の美しい指を飾るにふさわしい品物があるかもしれない。

「中、見てみる？　指輪とか、志乃に似合いそうなのがあるかも」

尋ねると、志乃が再び首を横に振る。

曇った表情からは困惑が見て取れた。強く拒絶すれば健生をがっかりさせるし、ジュエリーなんて受け取れない、優しい志乃は、そう思って困っているに違いない。

「やはり、当初の予定通りお茶を飲みに行こう」

健生の提案に、志乃がほっとしたように笑った。

仲が深まるにつれて、志乃が時々何かを考え込むことに気付くようになった。

理由を問いただすと、志乃は『ごめんなさい、自分の出自が気になるときがあるんです。そのせいで健生さんに迷惑が及んだら嫌だなって』と、短く説明してくれた。

そう口にしたときの志乃の小さな顔は、悲しげな影に覆い尽くされていた。思い出すと胸が痛い。

出生に関しては志乃の責任など何一つない。なのに、なぜ彼女が悩まなければならないのだろう。

——気に病むことはない。俺は君が大事で、周囲が何を言おうと、絶対に守る。

言葉で何度かそう伝えたが、志乃の心に届いたようには思えなかった。

彼女がほしいのは、裏切らないという『結果』であって、口約束ではないからだ。

だから健生も、軽々しく言葉で請け負うのはやめた。

——だけど俺が本当に守るから。信用してもらえるように、もっと君に尽くす。

そう思いながら、健生は志乃の細い手を取った。突然手を繋がれて、志乃が頬を淡いピンク色に染める。

「宝石なんて身につけなくても、綺麗だからいいか」

「な……っ……健生さんはときどき褒め言葉が大袈裟ですよね？」

「いや、事実だろう？」

真顔で言い返すと、志乃が困ったように目をそらす。

――本当のことなのに。

ディスプレイに輝くジュエリーにはまるで未練を見せずに、志乃が歩き出した。

「いいえ、私、どんな顔していいか分からなくなる」

頑なに前を向いた志乃の小さな顔は、真っ赤に染まっていた。その表情がなんとも愛らしくて、健生は思わず口元をほころばせる。

何をしていても愛しい。志乃にならどんな迷惑を被ってもいい。けれどそれは、言葉で伝えても駄目なのだ。

――全部、行動で伝えないと納得してくれないよな。

そう思いながら、健生は華奢な手をぎゅっと握りしめた。

「今日は引き下がるけど、ある日突然、すごいジュエリーを贈るかもしれない」

冗談めかして告げると、志乃はきっと顔を上げて言い切った。

「駄目です。いきなり高級品を買ってこないでくださいね」

健生は答えずに、微笑んで志乃の小さな手に視線を投げかけた。

この美しい手に似合う石は、何色だろう。ダイヤモンドもいいかもしれないが、華やかで女性らしい色合いの指輪も似合うかもしれない。

——実家に出入りしている宝石商さんにイメージを伝えて、志乃に似合いそうなジュエリーを考えてもらおうかな。俺からのクリスマスプレゼント、ということで。

そう思いついたとき、健生は志乃の視線に気付いた。

「何か企んでいたでしょう、今」

やはり有能秘書様は、健生の悪戯心などお見通しだった。

「いや、そんなことはない。濡れ衣だ」

志乃は『嘘は許しません』とばかりに、大きな目でじっと健生を見つめている。

「クリスマスが来ても、サンタクロースは呼ばない。それでいいだろう?」

冗談めかして答えると、志乃がようやく、表情を緩めて愛らしく微笑み返してくれた。

志乃がどんな贈り物でも笑顔で受けとってくれる日が来ますように。そう思いながら、健生は志乃を見つめた。


そして、その夜。

——志乃の色は、薔薇色……かな……。

ホテルのスイートで志乃の白い肌を暴きながら、健生は頭の片隅で考えた。

組み敷いた志乃を、最後の理性を利かせて、可能な限り優しく貫く。

不慣れな志乃は、のけぞりながら懸命に健生を受け入れてくれた。淡い光の下で、ほっそりした身体がえもいわれぬ血色を纏っている。

——うん、薔薇色が一番似合いそうだ。

「んぅ……っ……」

ゆっくりと粘膜をかき分け、膣壁の奥へと押し入っていくと、志乃が大きく開いた脚を強ばらせた。

同時に、柔らかな襞が健生を抱きしめるようにぎゅっと締まる。

思わず吐息が漏れた。

「入れただけで、感じるようになったのか？」

からかい半分に尋ねると、志乃が手の甲を噛んだまま、ふるふると首を横に振った。

「そうなんだ、まだあまり、セックスには慣れない？」

尋ねてゆっくりと杭を引き抜くと、志乃の細い身体は鋭敏に反応する。

「あ……っ……」

名残惜しげに収縮した隘路が、しとどに蜜を垂らす。

「こうやって俺が中に入れるだけじゃ物足りないか？」

「そ、そんなこと……あぁ……っ……」

わざと焦らすように抽送を繰り返すと、志乃は不器用に身体を揺すった。

その合間に甘い嬌声を漏らし、恥じるように唇を噛む。身体を前後させるたびに、志乃と繋がっている場所から、くちゅくちゅという淫音が聞こえてきた。

――君は、身体中、可愛いな……。

どうやら、志乃の初心《うぶ》な身体は『気持ちがいい』と応えてくれたようだ。

「もし物足りないとしたら、君はかなりの欲張りだ」

からかうように言い、健生は抽送を速めてみる。案の定、志乃は開いた脚をもじもじと動かし、腰を揺らし始めた。

志乃の真っ白な肌が快楽に火照って、凄艶な艶を帯び始める。

むしゃぶりつきたくなるほどの美しさに、健生は志乃に悟られないように唇を噛んだ。気を抜いたら搾り取られそうだ。

「っ、物足りなく、ない……あぁ、っ、あぁぁっ」

動きが激しさを増すにつれ、志乃の反応も大きくなった。ぎこちなく脚を開き、淫らな仕草で繋がりを深めようとする。

「物足りなく……ない……から……っ……」

涙ぐんで言う志乃に、健生は荒い息を吐きながら微笑みかけた。

――そんな風にいやらしく脚を開いてもらえると、ますます興奮するんだが。

健生は志乃の腰を片手で掴み、先ほどよりも強く奥を突き上げる。

「あぁぁあっ！」

志乃が背をそらして、逃れようとするかのようにシーツを蹴った。だが、組み敷かれ、捕らえられた身体は虚しくもがくだけだ。

「どうして今、逃げようとしたの」

「違う……違うの……ひぅ……っ……」

快楽から逃れられない志乃の顔は、いつしか涙と涎《よだれ》で濡れていた。白い頬を赤く染め、悶えるような仕草で結合部を締め付ける。

「上手だよ、逃げたら駄目だ。気持ちよくしてあげられなくなるから」

「逃げて……な……あぁっ……」

健生に突き上げられた志乃の身体が繰り返し揺さぶられる。一番奥を押し上げるたび、志乃は短く鋭い嬌声を漏らした。

「奥に当たるとイキそうなんだ？」

胸板を汗が伝った。ねっとりと熱い襞に咥え込まれた健生の方も、だんだん限界が近づいてきている。

片手を志乃の腰から離し、もがく身体に覆い被さって腕の中に閉じ込める。

「イキそうなんだろう？」

重ねて尋ねると、志乃は、開いていた細い脚を、健生の腰に絡めてきた。

真っ白な肌が桃色に染まり、華奢な手足はかすかに震えている。

「教えて」

尋ねながら、健生は執拗に恥骨を擂り合わせた。

「あ……っ、あぁ……」

ぐちゅぐちゅと淫音を立て、志乃の蜜路が熱杭を貪る。あふれ出す蜜がまとわりついて、自分と志乃の境目が曖昧になっていく。

「だめ、まだ、イキたくない、やだ、もっと……んぁ……っ」

乱れた黒髪が志乃の濡れた頬に貼り付く。だが今の彼女には、それを払う余裕すらないようだ。

「君は、身体中ピンク色で可愛いな」

蜜洞をみっしりと埋め尽くしたまま、健生は一番深い場所に自分自身を押し込んだ。

「ん……う……っ……」

志乃の華奢な腕に力がこもる。身体をくねらせ、志乃がか細い声で訴えた。

「イキ……そう……」

最奥まで犯された志乃の淫窟が今までにない強さでうねり出す。

「あ……はぁ……っ……」

己の性的な絶頂を恥じるように、志乃が声を殺して、健生の首筋に顔を埋めた。

「や、やだぁ……私……あ……」

たらたらと熱い淫液を垂らしながら、志乃がすすり泣くような声を上げた。その赤い小さな耳に歯を立て、こめかみにキスをして、健生は囁きかける。

「大丈夫だよ、イくときの志乃は世界で一番綺麗だから」

だが、それだけ喋るのも苦しい。びくびくと痙攣する中に呑まれた熱杭は、痛いほどに強ばって今にも爆ぜる寸前だ。

——俺ももう限界だ。

健生は志乃の身体を抱きしめ、繰り返し、勢いよく、志乃の奥を穿った。

「あっ、や、っ、あぁぁぁ……っ！」

果てたばかりなのに更に快感を与えられ、志乃が弛緩した身体を震わせて泣く。

華奢な手首を無我夢中で握りしめ、健生は掠れた声で尋ねた。

「中に出していい？」

「いい、いい……っ……あぁ……っ……」

志乃の脚が腰を滑り落ちる。おびただしい蜜を溢れさせる淫窟を貫き、健生は耐えていた熱をほとばしらせた。

「あ……こんなに……んぅ……っ……」

志乃が涙で曇った目で、譫言のようにつぶやく。ドクドクと脈打つ欲を注ぎ込みながら、健生はわななく志乃の身体を改めて抱きしめる。

「健生……さん……」

志乃の腕が健生の頭を抱き寄せる。細い指先で髪を梳かれて、えもいわれぬ安らぎが心に満ちあふれた。

まるで、薔薇の花束に抱かれているようだ。

健生はほんのわずかに身体を起こし、志乃の濡れた唇にキスをした。

――最高に綺麗な何かで、君を飾りたい。

繋がり合い、唇を交わし合ったまま、健生はうっとりと目を細めた。

やはり志乃に何かを贈ろう。

高価なサプライズプレゼントを怒られても構いはしない。

そう思いながら、健生は志乃の濡れた額に掛かる前髪をそっとかき上げた。

第四章　離れられない二人

健生と付き合い始めて一ヶ月ほどが経った。

社員のなかで、志乃と健生の関係に気付いている人はほとんどいないと思う。

そもそも、詮索好きがあまりいない社風なのが良かった。

——とはいえ、会社の人に知られるのはまだ怖いけれど。

健生の家は会社から近い都心の高級マンションだ。志乃はまだ行ったことがない。

彼の家を訪れたら、土日出勤の同僚に会ってしまうかも、と若干の不安があったからだ。

会社の人に『CEO』との関係を知られるのはまだちょっと抵抗がある。

だから、健生と会うのは志乃の家か、健生が連れて行ってくれるホテルが主だ。

付き合い始めた当初は、健生が日本にいる週末だけでも会えればいいな、と思っていた。

だが、多忙な彼とはスケジュール上、会えない日もある。

そのうち、平日、退勤が遅くなっても、健生が志乃の家までタクシーで来てくれるようになった。

――うちまで来たら遠回りなのに。でも、嬉しくて断れない。

今では、出張がない日はほぼ、狭いセミダブルのベッドでくっついて眠っている。

いつの間にこんなに離れられなくなったのだろう。

新婚夫婦も真っ青のべったりぶりだった。

志乃は、健生に悟られないよう、そっとため息を吐く。

――自分の出生に引け目を感じることが増えてきたな。今は、ただ幸せに浸っていればいいはずなのに……。

父と母は結婚しておらず、志乃は認知されていない。

母は父と連絡を取るのを嫌がり、生まれた志乃を私生児として育て、志乃が六歳になる前に病気で亡くなった。

母の死後、祖父が調べた限りでは、父は裕福な家のお坊ちゃまで、同じ階級のお嬢様と新しい家庭を持って幸せに暮らしていたという。

父の消息を執念で探し当てた祖父は、志乃の父親にあたる男性と話をしに行った。

娘が亡くなり、孫が一人になってしまったと。けれど祖父は、志乃の父にあたる男性から、ひどい言葉を投げつけられたらしい。

『俺は金目当てで志乃の話をしたんじゃない』

祖父の傷ついた表情を見たとき、幼い志乃は、父のことはもう聞かないと決めた。

母が亡くなったあとも、綿貫一家を初めとして、優しくしてくれた人たちはたくさんいたので、ひねくれずに済んだのだと思う。

だが、優しくないご近所さんや同級生の親もいた。

喧嘩して怪我をさせられても『志乃が悪い』と決めつけられたり、一方的に『貴女は駄目。うちの子と遊ばないで』と言われたり。

『親も親戚もいないんでしょう？　何かあったときに迷惑を掛けられたくないです』と祖父に文句を言ってくる父兄もいた。

全部悔しかったから、やっと大人になれて嬉しかった。社会人になれば、自分のことは自分の責任になる。同時に、経済的、社会的な自由も手に入るからだ。

けれど健生と過ごすようになって、また過去を思い出すことが増えた。

志乃と健生の関係を悪い方に解釈し、悪意をぶつけてくる人間はきっと出てくる。

警戒する気持ちが消せない。

――私だけが悪く言われるならいいけど、健生さんが攻撃されたら困る。取引先に中傷を流されたりしたら、会社にも悪い影響が出かねないし。

考え事にふけっていた志乃は、健生の声に我に返った。

「こんな感じでいいかな、うまく全部収まったよ」

食器棚の整理をしていた健生が振り返る。出張帰りに訪ねてくれた彼は、近くのスーパーで、たくさんの缶詰やら食材を買って来てくれたのだ。

どうやら、これで色々と作ってくれるらしい。

「ありがとうございます」

「明日はこのトマト缶で、トマトソース作ろう。俺が山ほど食べるから食材はたっぷりストックしておかないと」

「私の倍くらい召し上がりますものね」

「志乃が食べなすぎるんだ。俺がもっとうまいものを作って食べさせないと駄目だな」

健生はマメに料理を作ってくれる。

平日の朝でも、時間がなくても、驚くほど手早く鮮やかに。食事を摂るのが全般的に苦手な志乃に何か食べさせようとしてくれるのだ。

――健生さんの時間はすごく貴重だと分かっているけど、嬉しい……。

何でもしてくれて、本当に優しい人だと思う。

豪華なホテルに行ったり、ご馳走を食べに行くよりも、穏やかに二人で過ごせることにしみじみと幸せを感じる。

「私も一緒に作ります。台所が狭くて申し訳ないですけど」

志乃の言葉に、健生は秀麗な頬をほんのりと染めて微笑んだ。

「トマト缶、張り切って十個くらい買ってきた。俺のお姫様の好物だからな」

そう言うと、健生は大きな手を背中に回してきた。

こめかみにキスされ、志乃は真っ赤な顔で目を細める。

「おじいさんが育ててたからだっけ？」

「はい。いつもつまみ食いしてたので、懐かしくて」

「じゃあ俺は、トマト料理を極めてみるかな」

そのまま逞しい身体に抱き寄せられ、志乃も彼の背中に手を回す。

「三連休取れたら、一緒に長野に行こう。おじいさんとお母さんのお墓参り」

まさか、そんなことを言ってくれると思わなかった。本当に誰に対しても優しい人だと知っているけれど、思いやりの深さに目に涙がにじんだ。

志乃は顔を上げ、壁に飾ったカレンダーに目を遣る。

もう十月が終わるのだ。祖父がいなくなってから、クリスマスも年末もお正月も、ちょっと寂しかった。

今年はどこか一日だけでも、健生と過ごせたらいいなと思う。もちろんセレブリティの彼に、年の瀬に毎日会いたいなんて贅沢は言わない。

健生の柔らかな笑顔を見ているだけで、好きで好きでどうしようもなくて、胸が締め付けられる。無意識に胸を押さえたとき、健生が悪戯っぽく尋ねてきた。

「いきなり俺が弁当作ってきたとき『何こいつ』って思った？」

優しい腕に抱かれたまま、志乃は笑い声を立てる。

「驚きはしました。だって会社のＣＥＯですから」

「そうだよな」

志乃の頭を抱え寄せて、健生も笑った。

「我ながらどうかしてた。でも必死だったんだ」

「でも、健生さんのお弁当は本当に美味しいです。初めて頂いたときは、何でもできる人なんだってびっくりしました」

「何でもできる人は、唐突に弁当持ってこないだろう？　もっとスマートに口説けるはずだ。俺はいつも自転車操業だよ」

——そんなことないのに……。

志乃は微笑んだまま健生を見上げ、膝を着いて伸び上がり、彼の秀麗な頬にキスをする。

健生は、大人で素敵な、憧れのＣＥＯだった。だけど二人でいるときの彼は、優しくてひたすら志乃を宝物のように大事にしてくれて、愛おしさがますます増していく。

寒くなっていくこの季節がずっと苦手だったけれど、今年の秋は、健生のお陰で格別に温かく感じる。

「どうしていきなり君からキスしてくれたの？」

唇を離した健生が、厚い胸に志乃をぎゅっと抱きしめる。

「驚きました？」

「いや……うれしかった……」

大きな手で志乃の頭を撫でながら、健生が微笑んだ。

――私の生まれが、一般的に敬遠されがちなものだって、健生さんは一応ご存じよね、入社の時に家庭状況もチェックなさったはずだし。でも何も言わないのはどうしてかな。私との将来は……さすがに考えてないから……とか……。

悲しいことを想像してしまい、志乃は慌ててその思いを打ち消す。

この先何があったとしても、多忙な健生がこうして訪ねてきてくれることも、いつも美味しい料理を作ってくれることも、全部忘れない。

好きで付き合っていて、幸せなのだから、彼と過ごせる時間に感謝して過ごしたい。

「なんだか元気ないけど、どうかしたか？」

「え……っ……大丈夫ですよ」

自分の考えに囚われかけていた志乃は、慌てて健生の言葉を否定する。

「それならいい。ちょっと寂しそうに見えた気がして」

健生が大きな手で志乃の前髪をかき上げ、気遣わしげなまなざしを向けてきた。

力強くて心の奥まで見透かされそうな視線だ。

志乃はきっぱり首を振って、健生に答えた。

「本当に大丈夫です。お疲れでしょう、今日はもう休みませんか?」

明るく言いながら、志乃はひっそり心の中で思う。

——健生さんの前では余計なことを考えないようにしよう。アランダイン・グループとのパーティも控えていて、ただでさえとてもお忙しいんだから。

大丈夫、もう、辛かった過去は追いかけてこないはずだ。自分の力で立てる大人になったのだから。

志乃は笑顔を作りながら、自分にそう言い聞かせた。


翌朝、志乃はもの悲しい気持ちで目を開けた。

母が『病院に行ってくるね』と出掛け、帰ってこなかった夢を見たからだ。

今の志乃は、当時の母が重い病気で、ギリギリまで志乃と暮らしたいと頑張ってくれたことは知っている。

だが、幼かった志乃には分からなかったのだ。だから、母がすぐに元気になって、病院から帰ってくるのではないかと、毎日縁側で待っていた。

その影響で、今も母を乗せた車が戻ってくるのを待つ夢を見てしまう。

志乃は寝ぼけたまま、手を伸ばした。だが健生の姿は隣にはなかった。

――健生さん……どこにいるの……？

悲しくなってごそごそとベッドを探った拍子に、足音が聞こえた。

機嫌のいい表情の健生が寝室に入ってくる。

「おはよう」

そう言って、健生が引き締まった腕を伸ばして志乃の頭を撫でた。寝癖の付いた髪を甘やかすように梳く。

「先に起きて仕事片付けてた。うるさくして起こしちゃったか？」

微笑んだ志乃の額にキスをして、健生は尋ねてきた。

「大丈夫です、おはようございます」

「よく寝られた？　俺の寝相が悪くて起こしたりしてないか？」

「はい……でもうちのベッド、狭いですよね。引っ越ししたとき、奮発してセミダブルにしたんですけど。身体は痛くないですか？」

ぴったりくっついて寝たことを案じて、志乃は尋ねた。

「俺は平気。志乃とくっついてるのが好きだから。待ってて、水を持ってくる」

健生はそう言ってベッドを降り、部屋を横切って歩いて行く。アンダーシャツに、駅ビルで買ったスエットパンツ姿なのに、見事に決まっている。

冷蔵庫からペットボトルを取り出した健生が、足早に戻ってきた。

「はい、どうぞ、姫君」

「あ、ありがとう……ございます……姫じゃないですからね！」

照れ隠しのように早口で言い、志乃は起き上がってペットボトルを受け取った。

身体を起こした刹那、散々注がれた熱の名残が、身体の奥からにじみ出してくる。

意識がすり切れるまで抱き潰された昨夜の生々しい記憶が一気に蘇った。

一週間以上お預けだった彼は、いつになく執拗で激しかった。

自らの手で膝を開かされ、入れてくださいと涙目で強請り、はしたない声を抑えられないまま達してしまって……。

彼に見せた痴態を思い出すと、恥ずかしくて身体中が熱くなる。

「あ、あの、顔洗ってきます……」

志乃は健生の脇をすり抜け、洗面所に直行し、顔を洗い、身体を綺麗に拭いた。

ブカブカのパジャマを開いて確かめると、薄い胸やお腹には、無数の痕が散っている。

――亜子が『私の結婚式が終わったら温泉行こう』って言ってくれたけど、こんなキスマークだらけだと、大変なことになっちゃう……。

赤紫の花弁が散る肌をパジャマで隠し、志乃はため息をつく。

——そういえば昨日、健生さんの背中ひっかいちゃった気がする。

身体の始末を終えた志乃は、慌てて健生の元に戻った。ベッドに座ってスマートフォンを確認している彼のシャツをめくりあげる。

「背中大丈夫ですか？　私、昨日の夜、ひっかいてしまった気がして」

突然服をまくられた健生が目を丸くしていたが、志乃は構わず、真剣になめらかな背中を確認する。やはり、肩甲骨の辺りに薄いひっかき傷が残っている。

「あ、やっぱり……ごめんなさい。塗り薬あったかな」

慌てて立ち上がろうとしたとき、ぐいと手を引かれた。

「このくらい大丈夫だ」

「ばい菌が入ったら困るので」

「いや、このままでいい。このひっかき傷つけたときのこと覚えてるか？」

健生の隣に座らせられ、志乃は赤くなって答えた。

「お……覚えてないです、ごめんなさい」

甘く泣かされながら口走った言葉なんて思い出せない。恥ずかしすぎて記憶に残せないだけかもしれないけれど……。

「ナカに出されて、熱いって言いながらひっかいたんだよ」

健生の声が湿度を帯びて、艶めかしく曇る。

志乃は頬を染め、かすかに俯いた。

そんな言葉も、言わされた気がする。

志乃の顔が燃え上がりそうなほど熱くなった。

「エロくて可愛くて最高だった。忘れたくないな。だから薬は塗ってくれなくていい」

健生の手が伸びてきて、パジャマの襟元のボタンを一つ外す。広く空いた襟元から、大きな手が忍び込んできて、乳房に触れた。

「思い出したら、勃ってきた」

「あ……あ……待って……待っ……昨日もしましたよね……あ……っ……」

息を呑む志乃の耳に、電話のバイブ音が届いた。

――私の携帯？

どうやら一時的に健生の怪しげな腕から逃れる理由が出来たようだ。志乃は優しく健生の手を解き、赤い顔で言った。

「電話を確認させてください」

志乃はベッドに乗り、端の方に放りだしたスマートフォンを手に取る。

――あれ？　亜子だ。

表示された親友の名前に目を丸くした。

彼女は綿貫との結婚準備に忙しく、週末はぎっしり予定が入っているはずなのに、どうしたのだろう。

「はい、もしもし、もしもし」

『あ、もしもし、志乃？　おはよう』

電話に出ると、亜子の明るい声が聞こえた。同時に、ベッドがぎしっと沈み込む。

——え……っ？

志乃の身体が、逞しい腕に抱き寄せられた。

何が起きたか分からず、目を丸くした志乃の耳に、のんびりした亜子の声が届く。

「う、うん、おはよう」

『今、話しても大丈夫？』

大丈夫だよ、と答えようとした刹那、大きな手がするりと太腿を撫でた。

——パジャマの下を脱がさないでください……ッ！

どうしてこんな時に悪戯をするのか。動転した志乃の耳に、亜子のいぶかしげな声が届く。

『どうしたの？　大丈夫？』

「あ、な、なんでもない、大丈夫だよ」

本当は大丈夫ではない。指が、けしからぬ場所をまさぐり始めたからだ。薄い和毛をつままれ、引っ張られ、志乃は全身を強ばらせる。

「どうしたの？　何かあった？」

大丈夫だ、普通の声が出た。背後から抱きついた健生は、志乃の耳にキスをし、足の間を弄んでいる。さっさと電話を終わらせてしまおう。

『あのさ、良樹から聞いた？　来週から皇居ランニングを知り合い皆でやろうって思ってるんだけど』

「うん、聞いたけど、私はいいや。走るの苦手だし」

背中に、健生の異様に熱い身体を感じつつ、志乃は平気な振りで答える。

『そう言うと思ったけど、おいでってば。走れなかったら歩けばいいし。最後に皆と合流すれば大丈夫だから。志乃は運動不足でしょ？　ちょっと動いた方がいいよ』

どうやら心配性の親友は、志乃の激務っぷりと痩せっぷりを綿貫に聞いて、案じてくれているようだ。

『病気になってからじゃ遅いんだよ？　ちょっと動こう？』

「う、うん、でも私、本当に走れないよ……」

『走ること目的じゃなくても、出会いとかは？　結構イケメンも来るんだよ。彼女いない人だしさ、一緒に話してみたら？』

亜子が電話の向こうであっけらかんと言う。彼女は仕事に邁進しすぎる志乃に、たまに彼氏候補を紹介してくれるのだ。

——う……っ……マズい話題に……。

だがどうやら亜子の声は、健生にも届いてしまったようだ。

志乃を縛める腕の力が強くなる。

「私、いいよ。出会いとかいい」

焦りのあまり鋭い声になってしまった。亜子の声がいぶかしげに曇る。

『えっ？　なんで怒るの？』

「ちがうよ、ちがう、怒ってな……ぁっ」

だが、最後まで言い切る前に、無防備な秘裂に、ぐっと指が押し込まれた。

志乃の身体は大きく跳ねた。

——何を……っ……。

息が乱れ、志乃は慌てて怪しげな声を呑み込む。もう片方の手が襟元から差し込まれ、乳房をわしづかみにした。いつの間にか下半身は何も着ていないし、パジャマの前はボタンが一つ留まっているだけになっている。

『怒ってないならいいんだけど』

「う、うん、ごめんごめん、ちょっと窓の外に大きな鳥が飛んでて、びっくり、し……」

言いかけた志乃の全身が、ぎくりと強ばった。

——だめ……やめて……。

ぬるつく泉を弄ぶ指の動きが、だんだん激しくなってくる。

二本の指が秘裂をまさぐり、ぐちゅぐちゅと音を立て、陰唇が開かれる。

スマートフォンを持っていない方の手で、健生の手を払いのけようとしたけれど、びくともしなかった。

「ランニング……は……ちょっと……またこんど……」

声が震えないようにするのが精一杯だった。

「男なんか紹介しなくていいって、俺の前で友達にきっぱり言ってくれ」

聞こえるか聞こえないかの声で、健生が囁きかけてくる。同時に、蜜を垂らす陰窟に、ずぶりと指が沈み込んできた。

「……っ……」

熱く潤ったそこが、指をもどかしげに食い締める。

「さあ、断って。彼氏がいるから不要ですって」

耳元で聞こえた健生の言葉に、志乃は慌てて口を開いた。

「かっ、彼氏がいるから、紹介は、してくれなくていい……です……」

『は？　えっ何？　彼氏って何？　初耳なんですけど。え……どこで出会ったの？』

亜子の仰天した声と同時に、健生にぐいと抱き寄せられる。はだけたパジャマが肩から落ち、肌が露わになった。

電話と反対側の耳やら頬やらにキスされまくりながら、志乃は必死に『普通』を装って答える。

「ごめん、今度話すね、今から出掛けるから」

健生は悪戯をやめてくれない。まるで大きな犬にじゃれつかれ、身体中まさぐられているかのようだ。

『う、うん、分かった……分かったけど誰？　変な相手じゃないよね？』

心配はもっともだ。志乃は男性があまり得意ではない。しつこい男に付きまとわれて怖がって泣いていたときも、庇ってくれたのは気丈な亜子なのだから。

恋愛と一番遠い位置にいるはずの親友が、突然『彼氏がいます』なんて言いだして、心配だし驚愕しているに決まっている。

執拗にキスしてくる健生を片手で必死に押しとどめながら、志乃は言った。

「変な相手じゃないよ！　会社でちゃんと働いてる人だから」

『そんなの、なんの安心材料にもならないんだけど……志乃、あんた優しいから、変な人を懐深く受け入れてないでしょうね』

「あ、っ、へ、変な人じゃない……から……」

答えながらも焦りのあまりどうしていいか分からなくなる。

ほぼ裸の状態で、健生にあお向けにされて押し倒されたからだ。組み伏せられ、鎖骨に

キスされながら、志乃は最後の気力を振り絞り、平然とした口調を心がけた。

「とにかく、今度紹介する……と思う……予定……！」

丸出しになった乳房を舌先で舐めあげられ、志乃は身体を強ばらせた。

——だめ……だめです、何してるんですか……っ……！

スマートフォンを支える手が震え始める。片手で身体を隠そうとしたが、あっさり手首を押さえられてしまった。

志乃の足がゆっくりと持ち上げられ、足の間に大きな身体が割り込んでくる。

『今度、その人の写真見せて！』

「う、うん……っ」

硬く尖った乳嘴にちゅっと音を立てて口づけされ、志乃は飛び出しそうになった嬌声を、なんとか呑み込んだ。

「今撮って送ればいいだろう？　俺は志乃にならいくら撮られても構わないから」

健生がついに、声のボリュームを抑えずに不平を口にした。

——ちょっ、そんな、突然何を……っ……！

『今の誰？　誰かいるの？　もしかして彼氏さん？　あ……そっか。ごめん、じゃあ邪魔だったよね、ランニングと彼氏さんの件はあとでまた』

立ち上がった胸の先を甘噛みされ、激しく息が乱れる。志乃は力いっぱいシーツを掴みながら言った。

「う、うん……またね……」

言いかけたとき、健生の大きな手がスマートフォンをさっと奪い取った。

――け、健生さん、っ、何を……っ……！

慌てて奪い返そうとした志乃の身体がびくんと跳ねる。二本に揃えた指が、愛撫で湿り始めた秘裂に沈み込んでいく。

「……ッ！」

志乃は反射的に腰を浮かせて、その刺激を受け止める。

「こんにちは」

愛想のいい健生の声が響く。彼の指は、志乃の中にますます深く沈み、熱くなった粘膜を愛おしむように、緩やかに前後した。

ぐちゅぐちゅと中をかき回され、腰が揺れるのを抑えられない。

「……ん……っ……ふ……」

両手で口を押さえるのが精一杯だった。

健生は、志乃の足の間に陣取り、片手でスマートフォン、もう片方の手で志乃に淫らな悪戯をしかけながら、爽やかな声を上げた。

「すみません、ご心配掛けて。志乃さんのお友達ですよね？」

強引に開かれた膝頭が、視界の端でわなわな震えているのが見える。

志乃に片目を瞑って見せながら、健生は楽しげに亜子と話し続けていた。

亜子の甲高いよそ行きの声が、志乃の耳にも聞こえる。『えッ、嘘、ヤダ、彼氏さんですか？　すみません！　めちゃ格好いい声』などと好き勝手言っているようだ。

――あ、亜子は……声フェチだからっ……。

「そうなんです。お付き合いさせて頂いている、宗石って言います。え、聞いたことある気がする名前……？　そうですか、奇遇だな」

――ちょっ、まっ……よし君に知られたら、会社にも知られちゃう！

慌てふためく志乃の中を、健生の指がぐちゅりとかき回した。

快感に耐えかねて、志乃は腰を引こうとする。だが、半端に脱げたパジャマの裾をがっしり押さえ込まれていて、逃げられなかった。

「ランニングの会に志乃さんを誘いたかった、ですか？　そうなんだ。はい、もしよければ、いずれ私も志乃さんと一緒に参加させてください」

「ん……っ……んく……っ……」

涙目で睨み付けても、健生は笑顔のまま、悪戯をやめてくれない。

「今度志乃さんと三人でお食事を？　ありがとうございます、喜んで。何なら私のほうで、お店を探しておきましょうか？」

──健生さん……っ……話を、わざと長引かせてる……っ……。

「いえ、私のほうこそ、ご挨拶させて頂くのが楽しみです」

ＭＴ＆ＲのＣＥＯは、業績トップの凄腕営業マンでもある。

営業部の人たちが『この会社、もう少し規模が小さければ、宗石さん一人で回せるんじゃないの？』というくらいの売り上げを誇っているのだ。

言うまでもなく、対人スキルも高い。

あっさりと亜子を籠絡した彼は笑顔でスマートフォンをオフにし、ゆっくりと枕元に置いた。

ようやく声を上げても大丈夫なようだ。

びくびくと蜜路を脈打たせながら、志乃は涙声で訴えた。

「ゆ、指、抜いてくださ……っ……」

「どうして俺を『私にベタ惚れの彼氏だよ、三十三にもなって子犬みたいで可愛いの』って紹介してくれなかったんだ？」

「え、あっ、えっ？　子犬？　誰がですかっ？」

健生が何を言っているのかさっぱり分からず、志乃の声がうわずる。

「俺のことをお友達に隠す必要あった？」

ゆっくりと指を引き抜いた健生が、身もだえする志乃にのし掛かってくる。

「やっぱり色々心配なので、積極的に……知られたくなくて……」

――よし君は口が軽い人じゃないけど、だけど、でも……あぁ……。

ぎゅうぎゅうと抱きついてきた健生が、耳元で不満げに囁きかけた。

「彼氏なのに？」

「そ、そうですけど、先ほども言ったように、健生さんは私の勤め先のＣＥＯですから色々と……配慮しないと、あん……っ、何して……っ、あぁ……っ……」

「これ以上ないほど正式な彼氏なのに、紹介してもらえないんだな。寂しいよ」

健生が身体を起こし、纏っていた服を全て脱ぎ捨てる。一糸纏わぬ姿になった彼は、志乃の両膝に手を掛け、身体を割り込ませてきた。

濡れそぼった秘裂に、屹立の表面が触れる。

「志乃に逃げられないように、早く周囲を固めないと駄目だな」

あてがわれた肉槍が、晒された秘裂の表面をずりずりと擦り始める。たちまち、小さな孔から蜜があふれ出した。

「やぁっ、なに、っ、あっ、あぁぁっ！」

淫靡な刺激を受け、志乃の目に涙がにじむ。

下腹部に熱が集まり、耐えがたくなって、無我夢中でマットレスを蹴った。だが、快楽を散らすことは出来ない。

「……志乃も、俺がほしくなってきただろう？」

蕩けた蜜口に、昂る先端があてがわれる。

それはそのまま、志乃の身体を押し開き、容赦なく柔らかな場所を貫いた。

「俺の、少しは馴染んできた？」

優しく聞かれ、志乃は声も出せずに頷く。

「そうみたいだな、ほら……可愛い音がしてる」

健生が、くちゅくちゅと甘ったるい音を立て、杭を前後させる。

志乃は組み伏せられたまま、健生の背中にぎゅっとしがみついた。

「あ、ん……だめ……だめ……っ……昨日、たくさんしたのに……っ」

息が熱い。入れたばかりなのに、もう達してしまいそうだ。身をよじる志乃を緩やかに責め立てながら、健生が言った。

「君が何を考えているのか分からないけど、俺は世界中に堂々と志乃の彼氏だって名乗って回りたい。だって、志乃はもう、俺のだからね」

「あ、あの、冗談は……あぁん、っ……」

志乃の頭に頬ずりしながら健生が言う。

「……健康管理も俺がしたいんだ」

「んっ……え……な、何……？」

場にそぐわない単語が聞こえた気がする。

「ランニングの会もいいけど……俺としよう、運動」

健生の声が艶めかしく曇った。

「運……動……？」

火照る蜜口から、ぐずぐずと甘い蜜がしたたり落ちた。

「男を紹介されるランニングの会になんて行くな。運動は俺とだけ、しよう。いいね？」

「あ、っ、あぁ……っ……そんな会じゃないの……誤解……っ、あぁっ」

抗議の言葉は、杭の抜き差し一つで、口の中で溶けた。

「誤解するに決まってる。嫉妬で判断が狂ってるんだからな。俺は、君の全部を俺のものにしたい。俺の全部で汚すまで治まらないんだよ」

ぐちゅぐちゅと音を立てて志乃の中を穿ちながら、健生が言う。

「ほら、君の中だって、熱くなってきた……こんなに……」

「で、でも、こんなに……毎日したら、ん、あぁぁ」

抗おうとした刹那、接合部をぐりぐりと摺り合わされた。

強烈な快感で思考がはじけ飛ぶ。抽送のたびに、足の間から熱い雫が垂れ落ちる。足が虚しくマットレスを蹴り、頼りなく滑った。

——逃げられ……ない……。

彼が果てるまでは、この甘美で危険な檻から出ることは叶わない。その事実に、身体の芯がドロドロに溶け崩れていく。

「毎日したら、何?」

興奮のせいか、普段色のない足の指まで桃色に染まっているのが見えた。

「しすぎて、健生さんが病気に……っ、あ……だめえっ、んっ、んん……っ」

息が弾んでまともに喋れない。突き上げられるたびに、身体がのけぞる。それでも激しい責めは止まず、叩きつけるような勢いで、繰り返し貫かれる。

「何が駄目なんだ、こんなに締め付けてくるくせに……」

耐えがたいとばかりに、健生が大きくため息をつく。

「頼むから、俺以外の男のことは考えないでくれ」

息を乱し、逞しい肩を上下させながら、健生が呻くように言った。

脚を担がれ、濡れそぼった秘所を健生の美しい目に晒しながら、志乃は首を振った。

「別の、なんて、考え……られない……です……っ!」

ずぶりと一番奥深くを突き上げ、健生が担ぎ上げていた志乃の脚を下ろす。

志乃に覆い被さり、上唇についばむようなキスを落として、彼は言った。

「俺は、君に服従する子犬みたいなものだろう?　もっと可愛がってくれよ」

「ど、どこが、子犬……あんっ、あっ、あぁぁぁっ」

揺れる乳房に、健生の汗が幾粒も落ちてくる。やっぱり、こんなのは彼の身体にも負担なのだ。そう思うのに、もう、絶頂感を止められなかった。

反論する余裕もない。口の端から涎が糸を引いて落ちる。粘膜が擦られるたびに志乃の腰が浮き、愛しい雄を強く締め上げる。

肉茎を食《は》まされていた隘路が、びくびくと痙攣し始めた。

繋がり合った場所だけでなく、指先まで熱い。

こみ上げる快感にもみくちゃにされながら、志乃は無我夢中で訴えた。

「は……んっ、変に……なりそ……っ……ふぁ……っ」

不慣れな身体を貫く怒張が、その硬さを増した。

「昨日みたいに『中に出して』『いっぱい出して』って言ってくれないか？」

「やだ、やぁ……そんな、言ってな……、あぁぁっ」

「言っただろう？　中にいっぱいほしいです、って、その可愛い声で」

からかわれているのか、本当なのか、もう自分では分からない。頭の中も蜜が溢れる場所も、ぐちゃぐちゃでどろどろで、身体が崩れてしまいそうだ。

「ふぁっ、あぁんっ、ひ……く……んっ」

健生の大きな手が愛おしげに志乃の頭を抱え寄せた。再び始まった抽送は激しくなり、力の入らない志乃の身体を穿ち揺すりあげる。健生は、何度も志乃の顔中にキスしながら、より一層結合を深めた。

抑えきれない淫らな声を上げ、志乃は煽られるように、身体を揺すった。

「志乃に許可をもらえないと出せないいんだ、許可をくれる?」

「あ……あ……出して……」

快楽のあまりあふれた涙がこめかみをこぼれ落ちる。

「何をどこに?」

健生の形のいい顎に、汗が伝って滴るのが見えた。

「な、中に……っ、健生さんのを……私の、中に……っ、あ……」

淫らなおねだりが終わるか終わらないかのうちに、汗まみれの胸に、息が出来ないほど強く抱きしめられた。

視界がぶれるほどの刺激が身体中を駆け抜ける。

「あの薬、まだ呑み続けるの?」

掠れた声で尋ねられ、志乃は涙に濡れた顔で頷いた。

その答えに、健生が切なげに大きく息を吐き出す。鋼のように硬くなった肉杭が、中でびくびくと脈打つのが分かった。

無防備な身体にどくどくと熱情を注がれ、その刺激で蜜窟が痙攣する。

快楽の果てに押し上げられて、志乃のまぶたがゆっくり降りてきた。

——もう……だめ……。

健生の背にしがみついたまま、志乃は広い肩に額を押し付けた。

こんなに毎週末ずっと一緒に過ごして、平日も会社が終われば健生がタクシーを飛ばして会いに来て。

お互いに、溺れていくのを止められない。

会社の人に知られたらどう思われるか、志乃の身の上を問題にされたらどうなるのか、不安はたくさんあるはずなのに、健生の美しい目を見たが最後、彼の事しか考えられなくなる。

頭では少しクールダウンした方がいいと分かるのに、健生に抱かれると、もう抗えない。獣欲を注いで、取り返しが付かないくらい汚してほしくなる。声が潰れるまで啼かせてほしい。

——私、この恋心に食い尽くされるのかもしれない……。

そんな言葉が、うっすらと志乃の脳裏をよぎった。

第五章　悪夢のパーティ

ひどい筋肉痛を持て余しながら、月曜日が終わった。

今週も大忙しだ。通常業務に加えて、週末、土曜日には、中期営業計画の幹となるアランダイン・グループを迎えたレセプションも控えている。

——足の付け根が筋肉痛になっちゃった。ストレッチしてほぐさなきゃ。

身体が硬いので、あんなに大きく開かされ続けると、なかなか大変だ。

そこまで考え、慌てて頭に浮かんだ淫靡な記憶を打ち消す。

——箍《たが》が外れたみたいになってきたな。私も、健生さんも。

健生は、二人の時はとびきり優しく甘やかしてくれる恋人だが、会社では相変わらず完璧なＣＥＯだ。

優雅で自信に溢れ、週末、志乃を抱き潰した淫らな男と同一人物とは思えない。

志乃に対する態度も今までと同じだ。

注意をされる時はされるし、口調も事務的で指示も的確だ。これまで通りの理想的なCEOとして振る舞ってくれる。

——大丈夫……私との関係さえおおっぴらにならなければ、健生さんには何の迷惑もかからないはずだから……。

この会社に来てから、健生がどんな風に自分の作り上げたビジネスに打ち込んできたのかを見てきた。

たくさんの優秀な人間が『健生がCEOであれば、自分の力を貸してもいい』と考え、ITの最先端技術のノウハウを日本にも定着させようと日々研鑽を積んでいる。

ここは、本気で仕事をしたい人間の聖域なのだ。

だから絶対に、自分の行動がMT&R社の不利益になってはいけない。

改めて決意したとき、背後からやってきた綿貫に呼び止められた。

「なあ、宗石グループとアランダイン・グループのパーティのことなんだけど」

地味に準備を進めてきた、今週末のレセプションの件らしい。

「平服って書いてあったけど、ネクタイした方がいいのか？」

綿貫もパーティに招かれているのだ。アランダイン・グループとの協業プロジェクトが動き始めた場合は、プロジェクトメンバーに選抜される予定だからだろう。

「うん、その方が無難かも」

「なるほど、ネクタイは周囲の雰囲気見て外せるし、そうしようかな」

志乃の答えに納得したように、綿貫が頷いた。

「社長とアランダイン・グループのお坊ちゃま、大学の同級生なんだってな」

「そう聞いたわ。だけど、そんなに親しくはないのかも」

主賓であるギルバート・アランダインとその妹のことを尋ねたとき、健生は、ちょっと困った様子だったのだ。

『あの兄妹には出来れば会いたくないんだが……宗石グループの一員である以上、パーティに顔を出さないといけないから、仕方ないな』と、珍しく愚痴をこぼしていた。

――当日、なるべくかち合わないように調整した方が良いのかしら。とはいえ、主賓だもの、避けるなんて無理よね。

考え込む志乃に、綿貫が尋ねてきた。

「そういやお前、彼氏出来たって本当か?」

唐突な質問に、志乃は瞬きし、一拍おいて真っ赤になった。

「え……っ……あ、あの……あ……」

亜子が言ったのだろう。口止めしても無駄そうな雰囲気だったたし、あの喜びようでは、真っ先に婚約者に話したに違いない。

「相手、宗石さんか？」

小声で問われ、嘘が苦手な志乃は、身じろぎしながら答えた。

「は……え？　な、なに言ってるの？　違う！」

志乃は動揺しつつ首を横に振る。だが否定しようとする途中で気付いた。健生は思いっきり亜子に『宗石です』と名乗っていた。

——亜子、あんなに浮かれてたのに、名前はちゃんと覚えてたんだ。

親友の『えへへ』という照れ笑いの声が聞こえてきそうだ。真っ赤になり、汗だくの志乃に綿貫が真剣な顔で言う。

「俺はいいと思う。あの人ならうちのお袋も、天国のおばさんも納得すると思う」

「な、何言ってるの、つ、つ、付き合ってる……かもしれないけど……絶対に変なこと言いふらさないでね」

「人のプライベートを勝手に言いふらすわけないだろ。とにかく、俺は、あの人ならいいと思う。じゃ、俺ミーティングだから行くわ」

片手を上げて、綿貫がクルリときびすを返す。

——知られちゃった。どうしよう。でも、よし君なら大丈夫だよね……。

何も言えないまま、志乃は彼の背中を見送った。

そして土曜日が来た。

宗石グループがセッティングしたパーティ会場は、都内でもトップクラスの超高級ホテルの大広間だった。

志乃は朝早くから会場に出勤し、宗石グループの担当者と打ち合わせを重ねていた。

いつもなら健生が家に泊まりにくるのだが、慌ただしいので、今週はそれもなしにしてもらった。

『志乃の家から一緒に会場に行こう』とさらっと笑顔で言われ、慌てて『駄目です』と断ったことを思い出すと、妙に落ち着かない気分になる。

――どんどん夫婦みたいなライフスタイルになってきて、何かあったときのことを考えると心配になってしまう。悪事を働いているわけではないけど、周囲の目が、やっぱり気になる。たとえば、この会場の人……私と健生さんの関係を知ったら、誰も賛成してくれないだろうな、とか考えちゃうし……。

かつて、周囲の人から投げかけられた冷たい言葉を思い出す。

泥棒だと決めつけられたり、共有の玩具を壊したのを志乃のせいにされたり、親がいないから駄目なんだと、頭ごなしに言い切られたり……。

今更思い出してもどうしようもない。きちんと働き生計を立てている今では、あんな悲しい過去は終わった話なのに。

――名門の皆様が集まっていらっしゃるから、自分自身に引け目を感じているのかも。余計なことは考えないようにしなくちゃ。

志乃は落ち込みを振り払い、手にした資料を確認し終えて、顔を上げた。

「山咲さんに作って頂いたリストは、私どもの方でも共有済みです。挨拶回りのタイミングが被らないよう、弊社側のご挨拶順を入れ替えさせて頂きました」

今回のレセプション・パーティを総括しているのは、健生の父親の第二秘書である男性だ。年の頃は五十過ぎだろうか。

「ありがとうございます。お忙しい中、ご配慮頂いて申し訳ありません」

ひよっこ同業としては彼の仕事ぶりは勉強になる。

――さすがだな。私も見習わなきゃ。

彼から受領した最終版リストを確認していたら、ざわ、と周囲の空気が変わった。

――あ、主賓のご一行がいらっしゃったんだ。

金髪の男女が悠然と高級外車から降り立った。人目を引く美男美女同士で顔立ちもよく似ている。

「アランダイン・グループのご兄妹がいらっしゃいましたね」

第二秘書が微笑み、車止めの方へ歩いて行く。志乃も急ぎ足であとを追った。

どうやら、中央に立つ紳士が健生の父、宗石徹《とおる》会長らしい。写真でしか見たことがないが、実物はイメージしていたより背の高い、痩せた紳士だった。

——眼光鋭いところが、健生さんにそっくり……。

志乃は会長の凜とした立ち姿に見入ってしまった。やはり親子だけあって、容貌や気配までもがよく似ている。

車止めには健生の姿もあった。相変わらず、どのような場でも堂々と美しい。だが、彼は、主賓である美貌の兄妹の目に付かない後方に立ち、笑み一つ浮かべていなかった。

——どうしたんだろう。あんな態度、珍しい。普段はとても愛想良くお客様をお迎えになるのに……。

出迎えの人々に挨拶されていた金髪美女が、きょろきょろと辺りを見回す。

そして、うっすら不機嫌な顔をしている健生に駆け寄った。健生は一瞬、はっきりと嫌そうに顔をしかめたが、美女は構わず健生の長身に抱きつく。

「会いたかったです！」

彼女の口から飛び出したのは、日本語だった。健生は無表情に彼女を押しのけようとしたが、長身の彼女が背伸びをして、健生の唇を奪う方が早かった。

——え……っ……。

金髪美女のあまりに親しげな振る舞いに、志乃は凍り付いた。胃の辺りがずんと重くなる。外国の人だから、あんな風にキスしたのだ……と言い聞かせたが、衝撃が去らない。

健生が彼女を押しのけようとした。だが、腕に抱きつかれて眉根を寄せる。

——あの方がアランダイン・グループの総帥令嬢の、キャサリンさん……。

健生はしばらく怖い顔をしていたが、周囲の目を気にしてか、無表情のまま歩き出す。キャサリンは当然のように、健生の隣に陣取ったままだ。

——なに……あれ……。

志乃のショックは、なかなか去らなかった。もちろん顔には出さないけれど。

無事に立食形式のパーティが始まり、来賓たちが歓談を始める。

明日の日曜日も引き続きゲストを接待する予定が組まれているが、志乃は今日のパーティ立ち会いで業務終了である。

明日の接待に健生は参加するのだろうか。行きたくないと言っていたけれど。健生のことが気になって、落ち着かない気分のままだ。

——キャサリンさん、ずっと健生さんの側にいる。周囲の人たちも見慣れているようで、驚いていないみたい。なんだか……公認の、恋人か婚約者のよう……。

軽食もつままずに会場の様子を見守っている志乃に、綿貫が歩み寄ってくる。

「おい、仕事の手が空いたら食えよ」

小皿に料理をのせてきてくれたようだ。

「私はいいの。何かあったらすぐ動けるようにしてるから」

「……自称婚約者なんだってな、あの来賓の金髪美人」

志乃に小皿を差し出しながら、綿貫が声を潜めて語りかけてくる。

「双子の兄貴に色々吹き込んで、何でもやってもらって、我が儘放題らしいな」

車止めで健生を見かけたときの、キャサリンの嬉しそうな顔を思い出す。

——彼女は最重要取引先のご令嬢だし、この会場の誰もが無下にできない存在……。

ますます、どっと気分が落ち込んだ。目を伏せた志乃に、綿貫が言う。

「健生さんがお嬢様を振り払わないのはメインゲストだからだぞ。美女にくっつかれても全く喜んでる様子がない。むしろ不機嫌そのものみたいだ。お前は落ち込むなよ」

どうやら綿貫は、志乃を励ましに来てくれたようだ。どん底の時にさりげなく気に掛けてくれるのは、さすがに幼なじみだし、ありがたいと思う。

綿貫の言う通り、ホスト側である健生が、アランダイン・グループの令嬢を冷たくあしらえないのは当たり前だ。

今日は彼女とその兄のご機嫌をうかがうパーティなのに、怒らせるなんてありえない。

かといって、秘書としては、このまま放置は出来ない。

先ほどから『宗石CEOとお話がしたい。まだ身体が空かないのか？』と、複数のゲストに尋ねられている。

このままキャサリンの独占状態が続くようなら、割り込まなければだめだ。

『秘書がどうしても無下にできないゲストを連れてきた』というシチュエーションを整え、キャサリンと健生を引き離さなければ。

――そろそろ、お邪魔しに行こうかな。

沈んだ気持ちを切り替えて、綿貫に微笑みかけた。

「ありがとう、ちょっとCEOに声を掛けてくる」

志乃は会場を見回す。

健生はキャサリンにまとわりつかれたまま、無表情で料理を口にしている。今ならゲストを連れて行けそうだ。

志乃は、グラスを傾けている来賓の一人に歩み寄った。

宗石グループと長年取引があるコンサルティング会社の役員で、健生が一度挨拶したいと言っていた人物だ。

「失礼いたします、鈴木《すずき》専務」

若い女に声を掛けられ、恰幅のいい鈴木は不思議そうに手を止めた。

「おや、こんにちは。どちら様かな?」

「MT&R社CEO、宗石の秘書の山咲と申します」

深々と頭を下げると、鈴木は社交的な笑みを浮かべてくれた。

「よろしければ、宗石のほうからご挨拶させて頂けないでしょうか」

言いながら、健生とキャサリンのほうに視線を遣る。

キャサリンにまとわりつかれ、ギルバートやその取り巻きに囲まれた健生を見て、鈴木は了解したとばかりに微笑んだ。

主賓であるアランダイン家の兄妹に独占されて、挨拶回りが出来ない状況だと分かってくれたのだろう。

「宗石君は、ずいぶんキャサリンさんと仲睦まじい様子だね。あの二人もやっと婚約なさるのかな。なにしろ宗石グループとアランダイン・グループの大規模業務提携が行われるからね。もし縁談がまとまるなら、どちらのグループにとってもめでたい話だ」

志乃は、自分には答える権利がないことを示すため、礼儀正しく微笑み返すに留めた。

「CEO、鈴木様が……」

歩み寄って声を掛けると、健生が明るい笑みを浮かべて、キャサリンの腕を振りほどく。

「お久しぶりです！　お会いできて嬉しいです、鈴木さん」

健生は、キャサリンを振り切るタイミングを狙っていたのだろう。

キャサリンがむっとしたように再び手を伸ばしたが、健生はやんわりと振りほどく。

健生を囲んでいたアランダイン・グループの一行に、不穏な気配が漂った。

「今日の貴方の一番大事な仕事は、私を歓迎することのはずよね？」

キャサリンが、横目で志乃を一瞥《いちべつ》して、ゆっくりとした英語で言った。志乃でも聞き取れたので、かなり分かりやすく発音されたと分かる。おそらく『お邪魔虫』の志乃に向けられた嫌味なのだ。

「申し訳ないけれど、そろそろ仕事をさせてくれ」

健生はそう言うと、鈴木と肩を並べて歩き出す。喫茶室で話をしましょう、と言っていたので、パーティ会場を少しの間離れるのだろう。

追って行こうとしたキャサリンに、健生は冷たく、英語で何かを言い捨てた。

『君は遠慮してほしい』と言ったようだ。

志乃も、アランダイン・グループの面々に深々と頭を下げ、健生のあとを追おうとした。

そのとき、背中越しに厳しい声が掛けられる。

「待ちなさい、そこのアシスタント」

キャサリンは志乃を『セクレタリー《秘書》』と呼ばなかった。人前で、わざと『お手伝い』扱いされたことに気付き、志乃はむっとして、足を止めて振り返った。

「割り込んでくるなんて失礼だわ、今日優先されるべきは、私なのよ」

ややぎこちないが、上手な日本語だった。

キャサリンは見せつけるように黄金の髪をかき上げ、青い目で志乃をにらみ付ける。

だが、間近に目にしたキャサリンの美貌は、遠目よりもアンバランスだった。

——あれ、何が変なんだろう？　あ……！

違和感の理由はすぐに分かった。メイクの色が、大人びた美貌に不釣り合いなのだ。玩具っぽいピンクに、人形のようにマスカラを重ねたまつげ。ウェストや胸も、強く絞り上げて固定しているらしい。

——何もしなくても綺麗だと思うけど……無理やり十代の女の子を装っているみたい。必要ないよね、こんなの。まだ健生さんと同じ歳のはずなのに。

志乃は健生に目配せし、対談用に設けられた別室へ向かうよう促した。彼が立ち去るのを確認し、志乃はキャサリンに向き直った。

「お邪魔して申し訳ありませんでした」

慇懃《いんぎん》な口調でそう返すと、キャサリンが片眉を吊り上げる。

「私とギルバートが、宗石グループの一番大事なクライアント。健生は私たちを優先すべきでしょう。違いますか？」

「さようでございます。ですがMT&R社として、どうしてもご挨拶させて頂きたいお客様が、多数お見えですので、どうしてもお時間を頂戴できればと思いまして」

周囲が固唾を呑むのが分かった。キャサリンの女王ぶりは、どうやら以前から彼女を知る人たちには周知の事実らしい。

「私は日本にいる間ずっと健生にエスコートして貰いたい。そう希望しています。分かったら、健生を呼び戻して。第一、どういうこと？　健生には、アランダイン・グループとの仕事が最優先のはず、他社の人間とのミーティングなんてどうでもいいはずよ」

志乃を怒りの形相で睨み付け、キャサリンが言う。

「外せないお約束でしたので、失礼ながら……」

のらりくらりと答えようとしたとき、キャサリンが鋭く遮った。

「貴方、わざと邪魔をしに来たのでしょう？」

はっきり言えば、その通りだ。いくらキャサリンが重要なゲストとはいえ、邪魔され続けたら、健生の予定が全部駄目になる。

それに正直、志乃も面白くなかった。恋人が知らない女性に不必要にまとわりつかれていて、笑って見てなどいられなかった。

この感情は公私混同で、本来はあってはいけない気持ちなのだけれど……。

何も答えずにいると、彼女は青い目で志乃をねめつけたまま続けた。

「もしかして貴方は、健生を私に取られるのが嫌なの……？」

予想外に正鵠《せいこく》を射る言葉だった。絡みつくような声音に鳥肌が立つ。

まるで志乃の心を読み取ったかのようだ。キャサリンの女の勘、なのだろうか。しかしこの場では、とぼけるしかない。

「いえ、違います。そのようなことを仰られても困ります」

「嘘つき、私とケンのお話し中に、わざと割り込んできたくせに！」

吐き捨てるように言って、キャサリンが大声を張り上げた。

「みなさん、この人はケンの恋人の座を狙って秘書をしているんですって。気持ちが悪いわ！　私、こんな人間がいる会社は信用できない」

周囲の好奇と非難のまなざしが志乃に突き刺さる。

何も言い返せず、脚が震えた。突然『悪者』にされてどうしていいのか分からなくなる。

昔、志乃に向けられていたのと同じ視線だ。

『あの子は私生児で、今は母親もいないんだろう？』

『うちの子に迷惑を掛けられたくないわ。近づかないように釘を刺さなくちゃ』

『遊具を壊したのは、志乃ちゃんです』

――違う……私……私……。

ずっと苦手としてきた『一方的な悪意』を感じ取り、志乃は動けなくなってしまった。

今はもう大丈夫。大人になって、ゆえなき差別をされる世界からは逃げ出せた。

そう思っていたのに、過去のトラウマがよみがえったのか、怖くて動けない。会場の人間の大半は『アランダイン・グループのお嬢様』に罵倒されている志乃に、冷たい軽蔑するような視線を向けていた。

キャサリンは予想以上に狡猾《こうかつ》で卑劣だった。

志乃が周囲から『薄汚い女だ』と誤解される言葉を、的確に選んでいる。

スキャンダラスな言葉で人の気を引き、公衆の面前ですばやく悪者にする。ずいぶんと『弱い立場の人を苛め慣れている』ようだ。健生が彼女を避けたいという理由が、深く理解できた気がした。

「こんな人がいる場所は不愉快です。帰ります」

宗石グループのお偉い様とおぼしき男性が、慌てたように駆け寄ってきた。

怒りを剝き出しにするキャサリンは、志乃を指さし、その男性に英語でまくし立てる。断片的にだが、何を言っているかは聞き取れた。

私を怒らせたくなかったら、あの使用人を解雇しろ。そうでなければアメリカに戻る。父に侮辱されたと報告する。あんな女を側に置いている健生の判断を疑う。

そう言っていることだけは聞きとれた。

地位の高そうな男性は慌てたように志乃を振り返り、吐き捨てるような口調で命じた。

「出て行ってくれ！」

志乃の事情など何も聞こうとしない態度に、ますます足がすくむ。

――もう、過去の自分からは遠ざかれたと思っていたのに。

唇を嚙みしめ、志乃は深々と頭を下げた。

「かしこまりました。失礼いたします」

◆

商談を終えた健生は、鈴木と別れてパーティ会場へと戻った。

——新規案件の獲得に向けて、海外企業との契約に詳しいコンサルタントと組めるのは嬉しい。良かった、商談が良い形で進んで……仕事の方が、キャサリンの相手をしているよりも何百倍もいい。

仕事の手応えに満足し、かすかに口の端を吊り上げたとき、近づいてくる集団に気付く。顔を上げると、取り巻きに囲まれた父が立っていた。

「ケン君、久しぶりだね」

穏やかで、何を考えているのかまるで分からない態度。飄々《ひょうひょう》とした表情を崩さない父に、健生は他人行儀に深々と頭を下げる。

「お久しぶりです、お父さん」

「元気にしてたの？　実家に帰ってこないから母さんが心配してるけど」

「忙しくて。近いうちに顔を見に行きますよ」

「大分前に植えた柿が、やっと生《な》ったんだよなぁ。食べにおいでよ。そうだ、良かったら、君が得意な柿のシャーベット、また作ってくれないかな?」

他愛ない世間話に、健生はわずかに顔をしかめた。

——さっさと本題を切り出してくれ。

父は、健生が『焦らされるのは苦手』と知っていて、あえてのんびりした態度を取っているのだ。自分の父親ながら、なぜこんなに性格が悪いのか……と嘆きたくなる。

何の話ですか、と問おうとした刹那、父が笑みを浮かべた。

「君の恋人はあの秘書の子? 彼女をうちのお嫁さんとして連れてくる気なのかい?」

予想外の言葉に、健生はわずかに凍り付く。

——父さんは何を……? なぜ志乃のことを?

何も答えない健生に、父は続けた。

「あれ、やっぱりそうなんだ。図星だねえ」

凍り付いた息子の様子がおかしいのか、父は楽しげな口調になる。

「お兄ちゃんやチビ君とは違って、君はスポーツと仕事にしか興味が無いと思ってたから、お父さんびっくりしたよ。お見合いも断固として嫌がるし。まさか真面目一辺倒の君が会社の部下とね……ふうん……」

父の得体の知れない笑みが深まる。

「今日は、志乃ちゃんは連れてこない方が良かったんじゃないの?」

「どういう意味ですか？」

反射的に尋ね返し、健生は会場に視線を走らせる。人が多くて判断しづらいが、志乃の姿が見えない気がした。

「志乃ちゃんを探しているのかい？」

父が試すような口調で尋ねてきた。

こんな顔をしているときの父は、何を言いだすか分からない。

「キャサリンに追い出されちゃったよ。それで、キャサリンも会場を出て行っちゃった。去り際にお父さんのところにも怒鳴り込んで来てね。『玉の輿狙いのクソ女』って、志乃ちゃんの文句を英語で言ってた」

啞然とする健生に近づいた父が、耳元に唇を寄せてくる。

「キャサリンを大人しくさせてくれ。アランダイン・グループのお嬢様が大暴れしてくれたお陰で、皆動揺している。騒ぎが大きくなりすぎるのは『面倒』だ。かといって、お父さんが正式に苦情を入れると大ごとになってしまう。分かるね？」

健生が不在の間に、キャサリンがそんな騒ぎを起こしたなんて。

だが父の言う通りだ。

今日の出席者は、キャサリンの態度を見て『アランダイン・グループと宗石グループとの協業はうまく行くのか、損失が出たりはしないだろうか』と不安に思ったに違いない。

それに、父が表立って苦情を言うわけにはいかないのも分かる。

総帥同士の話し合いになると、海外事業計画を不安視する声が株主から出るだろうし、最終的には、グループの株価にも影響する懸念があるからだ。

健生は自分とよく似た薄い色の目を見つめ返す。

父は、一切笑っていなかった。息を呑む健生に、父は静かに告げた。

「この程度のことは自分で片付けなさい。そうでなければ、私生児として生まれた志乃ちゃんを『この世界』では守りきれないよ。そうだろう？　こちら側は、お父さんと同じくらい意地悪で、もっと攻撃的で質《たち》が悪い人がたくさんいるんだからね？」

健生の胸に、一筋の汗が伝う。

父は、既に、何もかもお見通しなのだ。

志乃の出生も、健生がどれほど彼女に本気なのかも……。そう思うと、ぞっとした。

「じゃあケン君、今度、うちに柿のシャーベット作りに来てね」

「……レシピ送るので勝手に作ってください」

健生は吐き捨てるように答えると、父に背を向けた。

「そんなに怒っていても、律儀にレシピは送ってくれるんだね。やっぱり君は可愛いな」

はらわたが煮えくりかえる。やはり父とはそりが合わない。そう思った。

「キャサリンと話をしてきます、二度と俺に干渉しないでくれと」

健生の言葉に父が笑い声を立てた。

「ケン君は女のあしらい方が下手くそだね。まあ、そういう純なところが君の長所だけれど……。話せば分かる相手じゃないだろう？」

眉根を寄せて振り返ると、父が手招きをする。不承不承歩み寄った健生に、父は微笑みながら言った。

「ああいうタイプは、自尊心を叩き壊したら二度と近づいてこないよ。この情報は、ケン君特製の柿のシャーベットのレシピのお礼だ、頑張れ」

◆

日曜の朝、志乃は泣きはらした顔で、狭いビジネスホテルの部屋の中で目を覚ました。

——健生さん、ごめんなさい。

手ひどい屈辱を味わったあと、志乃の心を占めたのは『踏みにじられた自分を見られたくない』という思いだった。

——意外だったな。慰められたい、甘えたい気持ちよりも、虫けらみたいに扱われた姿を、見られたくないという思いのほうが強いなんて。でも、優しく慰められたって、私の痛みは解決しない。

彼の優しさと誠実さのお陰で、二人でいるときは忘れていられる背徳感が、周囲の冷たいまなざしで、一気に表に出てきた。

――いくら真面目に働いて、自分で自分を養える大人になっても、私は軽い扱いをされてしまう。あんなに立派な、ちゃんとした『家』の人たちから見たら、踏み潰しても良い存在なんだって……心の底から、そう感じてしまって……。

だから、昨夜は自宅に帰れなかった。

都内のビジネスホテルに泊まり、健生から逃げたのだ。

キャサリンから一方的に『薄汚い女』扱いされ、仕事の場から追い出された、惨めな自分を見られたくなくて。

――キャリアも、自信も、働いて一生懸命積み上げてきたつもりだった。だけど、もう、疲れたな……。

幼い頃、散々突きつけられた理不尽が、今更、猛毒のように身体中を回り出した。

もう思い出したくないと痛烈に感じると同時に、怖くなる。

――私がキャサリンさんを怒らせなければ、こんなことにはならなかった。

キャサリンがベタベタとまとわりついているときに、健生に仕事の話をしにいったのは、もちろん秘書の業務を遂行するためだ。だが同時に、キャサリンに対して、もう健生にしつこくするのはやめてほしい、という気持ちもあった。

そのうっすらとにじむ本音を、キャサリンは獣のように鋭く嗅ぎつけたのだ。

『健生は私のお気に入りの雄。彼に近づく他の雌は絶対に排除する』

キャサリンの青い美しい目は、はっきりとそう語っていた。

多分、志乃の中には、少し後ろめたさがある。

それは、身の程もわきまえず、健生と恋をしたという後ろめたさだ。その弱い部分を踏みにじられて、どんな顔をしていいのか分からなくなっている。

誰よりも機嫌を取り、チヤホヤせねばならない『超重要顧客』の心証を害してしまったなんて、最悪だ。

キャサリンの父親の会社がもたらしてくれる利益は、グループの数年先までの売り上げの大きな部分を占めるのに……。

——どんな理不尽な言いがかりであれ、私はＭＴ＆Ｒ社の不利益になってしまった。

志乃は、スマートフォンを手に取った。

何通も届いている健生からのメールと、たくさん残された着信履歴を見返す。

どこにいる、返事をくれと繰り返されるメッセージ。読み返すたび涙が止まらなくなる。

彼は志乃が家にいないことを知って必死で探し回ってくれたようだ。

貴方に会いたくないから静かに過ごさせて、と何度もメールで断って、ようやく彼も休息を取ってくれたようだ。

健生からのメールによると、彼はアメリカに帰ると暴れているキャサリンと話をせねばならないらしい。

それが終わったら志乃に会いに行く、と書いてある。

やはり、キャサリンは未だに怒り狂っているのだろう。宗石グループとしては、彼女を激怒させたまま帰すわけにはいかない。当然だ。

——ごめんなさい。迷惑を掛けたくなかったのに……。

一番なりたくない物になってしまった。色恋沙汰で会社を滅茶苦茶にした女、なんて。後ろ指をさされる人間になりたくなくて、ずっと頑張ってきたのに……。

——健生さんは俺がなんとかしてやる、と言ってくれるんだろうな。でも、嫌だ……私は、『可哀相なお家の子でも、俺は気にしない』なんて言われたくない。好きな人は、対等な相手でなければ……嫌だ……。

そう思いながら志乃はスマートフォンの電源をオフにして、顔を覆った。

第六章　その日は雪がとても降っていて

今年はMT&R社の勝負の年だ。詰めたい商談のために世界を飛び回る予定で、ぎっしりとアポイントメントを入れている。

あの悪夢のような目に遭わされた健生は仕事の忙しさに救われていた。

忙殺されている時間だけ、麻酔が効いているからだ。

志乃から『お世話になりました。もうお会いできませんが、どうかお元気でお過ごしください。MT&R社のますますのご発展をお祈りいたします。私の家のお荷物は、ご自宅あてにお送りしておきます』とメールが来たのは、パーティの翌日の朝のことだ。

その連絡を最後に、志乃には電話もメールも届かなくなった。

すぐに駆けつけたかったが、『不愉快だ、宗石グループとの協業案件を全部滅茶苦茶にしてやる』と喚くキャサリンに足止めされて、動けなかったのだ。

その場には宗石グループの重役も、父もいたが、彼女は誰が仲裁しようとしても、高圧的に『ノー』しか言わなかった。

やる気皆無のギルバートは、妹をなだめようとすらしない。

健生は、どうしようもない双子相手に『仕事は前向きにやってもらわねば困る』と、砂を嚙むような話し合いをもちかけた。

しかし双子は、接待の予定も全て反故《ほご》にしてアメリカに帰ってしまった。非常識すぎる我が儘な振る舞いをしたのは、宗石グループの役員たちを威圧するためにだろう。

――日本人を下に見ているんだ、腹立たしい。

だが、キャサリンがいかにアランダイン・グループの総帥令嬢とはいえ、莫大な額の取引を停止させることは出来ない。

彼女が本当にしたかったことは、健生への嫌がらせだ。

『最高の女』であるはずの自分になびかない健生を潰したい。宗石グループでの地位を低下させ、自分に泣きつかせたい。それが目的なのだろう。

――俺にとっては、君の善意も悪意も全て迷惑だ。君の存在がうとましくて、永遠に好意を抱くことはないんだ。

父や関係者と一緒にキャサリンたちを空港まで見送りさせられ、健生は、パーティ翌日の夜になってようやく志乃の家に駆けつけた。

だが、彼女は家にいなかった。携帯の電源も切られたままで。

——そうか、俺は志乃に振られたのか。

ぼんやりと思いながら、健生は家に戻り、機械的に出張の荷物をパッキングした。

翌日、月曜からの海外出張は、重要な商談の予定が入っていたからだ。

その会社から受注できれば、アランダイン・グループとの案件を破棄しても、それを補っていけるだけの売り上げ予測を立てられる。

ＭＴ＆Ｒ社の将来性を考えても、絶対に取りたい仕事だ。志乃を探したいから、という理由で中止には出来ない。

健生はＣＥＯだ。数百人に膨れ上がった社員の生活責任を負っている。

だから健生は『日本に戻ってきたら迎えに行く。待っていてくれ』と、読まれるかどうかも分からないメールを送り、予定通り中東に旅立った。

別れ話を切り出してきた志乃と、一度も会えないまま海外に行くのは耐えがたかったけれど。

あの日から、志乃とは連絡が取れない。

志乃は、健生の出張中に、ＭＴ＆Ｒ社に辞表を出した。赤倉はＣＥＯを代行して、嬉々としてその辞表を受け取ったそうだ。

日本に帰って、赤倉が笑いながら報告してくれた。

『やっぱりあの女はろくなもんじゃなかったでしょう。家柄だってねえ……。私の目に狂いはありませんでしたね』

得意げな赤倉の襟首を摑んでやりたくなった。

だが健生には、七十を過ぎて思考を変えることも難しい、足腰も弱り始めた元恩人には、乱暴な真似は出来なかった。

思いあまって雇った興信所の調査員は、志乃の現住居を調べてくれた。

志乃あてに『自分が守るからどうか帰ってきてくれ』と手紙をしたためて送ったけれど、返ってきたのは素っ気ない返事だけ。

封筒から出てきた、たった一枚の紙には『ありがとうございます。お話しすることはもうありません』と書かれていた。

健生は彼女を愛したつもりで、一方的に傷つけ、仕事まで失わせてしまったのだ。

取り返しが付かない。

志乃は社内恋愛であることを知られるのを嫌がっていた。プライベートと仕事をきっちり分けて、誰にも余計な気を遣わせないようにしていた。

なのに、CEOに恋慕し、私情で取引先の令嬢に嫌がらせをした女だと一方的に言われ、どんな屈辱を味わったのだろう。

興信所に聞いた住所に強引に押しかけようかとも考えたが、彼女の気持ちを思うとためらいがある。健生の顔を見たら、志乃は更に傷つくのではないか、と思う。

それに今は、キャサリンを切り捨てるために、営業案件の最後の詰めに走り続けなければならない。

志乃の暮らす長野の山奥まで行く余裕がないのだ。日帰りは難しいかもしれない。

無下に帰されるのは確定として、会いには行かなければ。

今週は久しぶりに土日両方休める。だが、その時間を、アランダイン・グループとの取引に代わる新規案件の獲得に使いたい。もう少しで相手先を落とせそうなのだ。

少なくとも、ＭＴ＆Ｒ社に関しては、キャサリンの影響をきっぱり切らねば、志乃は一ミリも安心してくれないだろう。

そこで思考がフリーズした。

――だめだ、会社に寝泊まりしたい。家に帰りたくない……。

もう夜の一時過ぎだ。残って仕事をしているのは健生だけ。

家に戻れば、嫌でも幸せだった頃の名残が目に入る。志乃のために用意した弁当箱とか、車に落としていった髪を結ぶシュシュ。

サプライズでクリスマスにプレゼントしよう、と宝石商に頼んでいた指輪も、ぽつんと引き出しにしまわれたままだ。

上顧客の母を通して頼んだため、気を利かせて超特急で対応してくれたようだ。

『早めに仕上がりました』と大張り切りで届けられてしまい、あげる相手もいないのに引き取る羽目になった。

だが捨てるに捨てられない。志乃のイメージで、ローズ系の美しいカラーストーンを並べてもらったエタニティリングだからだ。

一度ケースを開けて中身を確認したら、白から桜色、薔薇色までのグラデーションを描くように石が並んでいて、とても美しかった。

まさに志乃の指のために生まれたような、可憐で繊細な指輪。

あの指輪を見ると、幸せな時間を思い出して苦しい。

言い訳も許されず、庇うことすら叶わないまま、志乃は健生の指の間をすり抜けて消えてしまったと思い知らされる。

だから、もう中身は見られない。

背もたれに寄りかかった健生は、ポップアップされたメールの送信者を見て吐き気を覚えた。

ギルバートからだ。

『MT&R社と、アランダイン・グループの子会社との取引は止めるかもしれないよ。僕は、ケンと仕事をしなくても困らないし、キャサリンが今すぐ止めろと怒ってる。父さんはお前たちに任せるとしか言わない。どうしよう?』

嫌味ではない。信じられないことに、本気で考えるのが面倒だから『どうしよう？』と聞いてきているのだ。

これほどに無礼で失礼な内容を、後先も考えずに平気で文章に出来るなんて。

自分の仕事、しかも、東洋人との案件に興味を抱けないのが透けて見える。

この場で国際電話をかけ『止めて結構だよ、じゃあお元気で』と言い捨てたい。

会社の将来さえ絡んでいなければ、今すぐにでも……。

だが社員に迷惑だけは掛けられない。

アランダイン・グループとの協業は中期五ヶ年計画にも入れ、今年三月の株主総会で説明してしまったので、計画見直しには株主への報告が必要だ。

それに何より社員を不安にさせたくない。

大切な社員を安心させられる要素が揃ってから、アランダイン・グループとの決別を図らねば。

宗石グループには、アランダイン・グループとの協業がご破算になったら……と不安を口にするものもたくさんいた。

海外事業計画の三割近くを見直すことになり大混乱必至だからだ。

父は『ギルバートには、さすがにお父上に命じられた取引全てを頭ごなしに中止する権限はないんじゃないかな？　だからケン君だけ、ＭＴ＆Ｒ社の案件を切られないよう、頑張って』と言っていた。

健生も父と同じことを思っている。

ギルバートは、MT&R社との案件ひとつを没にする力はあっても、父親の仕切っている協業プロジェクト全体にまでは口を出せないだろう。

要するにこれは、宗石グループの危機ではなく、MT&R社の危機なのだ。

そう思いながら、健生はこの先一ヶ月の予定をもう一度確認した。

——だめだ、今日はもう頭が働かない。一度家に帰って休もう。次の出張は……。

いつも志乃が登録してくれていたスケジューラーは真っ白だ。

社員の多くは、真面目に働いていた志乃の突然の退職を不審に思っているようだ。

健生の幸せは、志乃と二人で過ごすことだった。

ホテルのエグゼクティブ・フロアに泊まる非日常も楽しかったけれど、狭い台所で二人で何かを作ったり、『俺の体重のせいでベッドが壊れそう』と笑い合いながらくっついて眠ったり、何もかもが幸せだった。

志乃さえいれば、他の理不尽には耐えられると思っていた。

彼女の笑顔には代替のものなどない。どこに行っても手に入らないのに。

その時、手元のスマートフォンが鳴った。

海外からの非通知電話だ。眉間にしわを刻み、健生は電話に出た。キャサリンがまた頭のおかしいラブコールでもしてきたのかと思ったからだ。

だが、意外な電話の相手に、健生は目を丸くする。

電話の向こうで流暢な英語を喋るのは、ここ数ヶ月、健生が必死に営業を掛けてきた、海外のとある大企業の担当者だったからだ。

『国際空港の離発着管理プログラムの新規開発の件ですが、貴方の会社の提案がやはり興味深く思えました。禁輸事項に関わる部分も、御社であればしっかりリーガルチェックをやってくれそうだと。何より貴方個人に技術的な知識が豊富にあって、一緒に仕事をする上で安心できる』

健生は、突然もたらされた朗報に目を瞠る。

疲れ切っていた身体に、にわかに活力が湧き上がった。

「ありがとうございます」

『そういえば日本は夜でしたね。弊社の良い決定を早くお知らせしたくて、電話してしまいました。ついさっき貴方からメールを頂いたので、まだ連絡が取れるのかと思って』

相手の声音がフランクなものに変わる。健生は笑顔になり、明るい声で答えた。

「朗報は二十四時間受け付けておりますので、どうかお気遣いなく」

健生の言葉に、相手は楽しげな笑い声を立てた。世間話が弾み、しばらくして、法務部から正式なオファーメールを送る、という話になった。

どうやら受注は確定のようだ。

売り上げ予定額も、アランダイン・グループとの取引を停止しても、十分に目標を達成できる額である。

キャサリンが『仕事がほしければ、私の機嫌を損ねないで』とちらつかせている協業案件は、全てきっぱりお断りできる。

脅されようがすかされようが『では結構です』で終わらせることができる。

――一年以上世界を駆けずり回って、営業をして、必死に播き続けた種が、やっと……。

健生の心に、勢いよく希望が芽吹いた。

それに、この会社と技術提携をしている会社は日本にはない。ギルバートが任されている会社も、この会社のコンペで何度も落とされている。プロジェクト完遂の暁には、MT&R社は、並み居るライバル企業から頭一つ抜けた会社になれる。

電話を置き、健生は大きく息を吐く。

もう一度志乃を抱きしめる機会が訪れたのかもしれない。健生の口元に久しぶりの淡い笑みが浮かんだ。


翌日、久しぶりに明るい気分で出勤した健生は、朝一番に、担当者からの『法務部より書類を発送いたしました』というメールを受け取った。

電子メールに添付されていた契約書類の写しと、国際宅配便の伝票番号も確認する。

間違いなく、希望の使者は日本に向けて旅立ったようだ。

そのあとは、午前中のうちにギルバートへの連絡を終えた。

メールには『日本で過ごした折の待遇に関して、弊社に不信感を抱いたとのこと、申し訳ありませんでした。弊社といたしましても協力関係を維持するのは難しいかと思いますので、協業案件に関しては見送りを検討したいと思います。アランダイン・グループの今後のご発展を心よりお祈りいたします』と、慇懃無礼に書いておいた。

宗石グループ本体と、アランダイン・グループ傘下の他企業の取引がどうなるかはまだ不透明だが、あちらは父が率いる古狸軍団がなんとかするはずだ。

しばらくはグループ内が混乱したものの、今はキャサリンのクレームなどなかったかのように、粛々と仕事を進めている。

今日のメールを見たギルバートは、急な態度の変化に疑問を持つに違いない。

そして、アランダイン・グループが何度オファーをしても受注に至らなかった、某国際空港の案件に行き当たるはずだ。

ギルバートは『アランダイン・グループがずっと営業を掛けて来た会社が、ケンの会社にプロジェクトを発注したなんて』と驚くだろう。

おそらくギルバートの興味は、健生の仕事内容に移る。

今まで興味がなくて無視していた、MT&R社の再評価を始めるはずだ。

その後、改めてMT&R社に何らかの仕事を持ちかけてきたら、相場より遥かに高い見積額をふっかけてやればいい。その条件でも受注が通れば、会社が潤う。

——キャサリンも、これで静かになるはずだ。

わずかな罪悪感と共に、健生は先程キャサリンに送ったメールを見返した。

訴訟を起こされないよう精一杯マイルドにしたが、確実にキャサリンの心を折るだろう内容だ。

父の助言に従い、彼女に対する禁句を連ねて送った。

『こんにちは、親愛なるキャサリン。君に久しぶりに会って驚いた。お互い歳を取ったよね。大学時代の僕らは今の半分ほどのスレンダーな身体で、肌は少しもたるんでいなかった。僕らにも若い時代はあったんだと懐かしく思う。

ところで僕は、若返りの整形手術を受けてみる予定だ。もしその結果が良かったら、君にもドクターを紹介するから日本でオペを体験するといい。加齢がますます進むから煙草はほどほどにね。健生より』

もちろん大嘘である。手術の予定などない。健生は大学の頃から比べても太っていないし、幸いにして肌の状態も普通だ。

キャサリンは過剰な美容投資のお陰で、三十代とは思えぬ若々しさを誇る美人だ。だが、その美貌を最高の物だと思い込みすぎているし、他人を見下す理由にもしている。だから、それを傷つけたら、怒り狂うことは予測できた。

今まではそこまで残酷な対応を取ろうと思っていなかっただけだ。

――キャサリン、君のプライドを一番傷つけるのは『年相応の容姿になったね』という、当たり前の事実なんだ。このメールは志乃を侮辱した君への報復だよ。

気にくわないことがあれば、時差などお構いなしに即連絡を取ってくるキャサリンからは、未だに何もない。ショックで腰を抜かしていても、別にいい。

――久々に昼飯をゆっくり食べられるな。いい気分だ、夜も早めに帰れるかもしれない。

軽い足取りでビルの外のレストランでなにか食べようとエレベーターホールに向かう途中、背後から呼び止められた。

「CEO、お昼ですか?」

振り返ると、エンジニアリングチームの若手のエース、綿貫が立っていた。そういえば、来週の週末は彼の結婚式だ。健生も招待にあずかっているのだった。

「ああ、今からイタリアンの店に行こうと思って。綿貫君も一緒にどうだ?」

笑顔で尋ねると、綿貫も爽やかな笑顔で頷いた。

他愛ない話をしながら、店に入る。あとの時間を気にせず、開放的な気分でゆっくりランチを取れるのはいつぶりだろうか。

日本のイタリアンレストランは大抵どこも美味しいので、幸せだ。

「ご馳走するよ。何を食べる？　俺はラザニアにしようかな」

「じゃあ俺はボロネーゼにします」

健生は頷いて、ボーイに注文を通し、綿貫に尋ねた。

「いよいよ来週は結婚式だな、緊張しないか？」

「チャペルで挙げる式の次第がどうにも間違えそうで。それに俺あがり症だし、指輪を落としたら、彼女に爆笑されそうで。ツッコミが厳しいヤツなので……」

綿貫の答えに、健生は微笑んだ。もうすぐ迎える花嫁のことを語る綿貫は幸せそうで、恋する男そのものだ。彼の明るい表情を見ていたら、ふと、志乃の姿が浮かんだ。

——自分も、志乃と一緒の時は同じように笑っていたのに、今は……。

そこまで考えて猛烈に胸が痛んだ。

現実には、志乃の居場所は知っていても、電話番号すら分からない。会いに行くことすら激しく拒まれているのに、ふとした折に彼女のことばかり考えてしまう……。

「どうしました？」

突然表情を失った健生の態度が不審だったのか、綿貫が首をかしげた。

「いや、ごめん、大丈夫」

健生は慌ててごまかし、グラスを手に取る。

「あ、そうだ宗石さん、結婚式のときにお願いがあるんですけど」

「スピーチとか二次会の受付か？　喜んで何でも手伝うよ」

明るく請け負って、健生はグラスに口をつけた。

だが、綿貫の口から出てきた言葉は、とんでもない物だった。

「志乃を長野から引っ張り出して、思い切りドレスアップさせて、結婚式に二人で来てもらえませんか？　披露宴の席次表は『新郎勤務先ＣＥＯ』と、『新郎勤務先ＣＥＯ婚約者』で刷っておきましたから」

「え……何を言ってるんだ……？」

言葉を失った健生に、綿貫が真剣な顔で尋ねてきた。

「……志乃が、貴方の側に戻ってきたら迷惑なんですか？」

「い、いや、そんなことは断じてない。ただ、どうして急に？」

予想外の名前を耳にし、健生は動揺を隠せないまま首を横に振る。

綿貫は、たたみかけるように健生に告げた。

「すみません、黙ってて……。志乃と俺は生まれたときからの知り合いなんです。母親同士が幼なじみなので」

健生の脳裏にいつかの記憶の断片が浮かんだ。

——綿貫君の名前は、確か良樹……よし君……？　あっ……！

あの日、健生にらちもない嫉妬をさせた電話の男、志乃が、まるで兄に対するかのように安心しきった様子で喋っていた相手。

志乃が電話で会話していた男性は、綿貫だ。

今、頭の中で、電話から漏れ聞こえてきた声が一致した。目をかすかに見開いた健生に、綿貫は真摯な声音で続けた。

「志乃は小さい頃から頑固なんです。人に頼りたがらないし、何でも自分で解決しようとするし。だから今も、自分の行動が宗石さんの体面を傷つけたと思い込んで、それ以外考えられないんだと思います。あいつの今までの行動パターンを考えると、今回もそれしかありえない。自分が迷惑になったと思って、身を引いただけだと思うんですよね」

「あ、あの……綿貫君……それは……」

「パーティに出てたうちの社員、一部始終を目撃していますから。全員、何だあのお嬢様は、志乃は悪くないじゃんって思ってますよ。表立っては何も言いませんけど」

言葉を失った健生に、綿貫が笑いかける。

「すみません、差し出がましい真似をして。俺は幼なじみのピンチにちょっと力を貸したいだけなんです。だってあまりにも可哀相でしょう、あいつは今までも、今回も、何も悪くなかったんですから」

訴えかけるような綿貫の声音に、健生は釣られるように頷いた。

「はいこれ、志乃の新しい電話番号です」

綿貫が差し出したのは、携帯電話の番号を書いたメモだった。

「家に行く前にアポ入れておけば、多分ちゃんと待っていてくれますよ。志乃は律儀な性格なので。あとはなんとかかき口説いてください、お願いします」

◆

志乃が失意のまま、生まれ育った長野に戻って二ヶ月ほどが経った。

かつて祖父と住んでいた家は、古くて、もう取り壊されているので、家は借りた。志乃が今暮らしているのは、実家があった場所にほど近いアパートだ。故郷を出てかなりの時間が経つ。東京と違い、長野の冬は寒い。

——十二月になったのかぁ……。

志乃は、資格試験の勉強をする手を止めて、窓越しの光景を見つめた。

真っ暗な空から、雪が降ってくる。部屋の明かりに照らされた雪はかなりの大粒で、明日の朝は積もりそうだ。

——雪がひどくなってきたな……。

加速度的に冷えがきつくなっている。毎年この時期に大雪が降って、近所は雪景色に変わるのだ。

——年が明けたら、こっちで仕事を探そう。もう……東京はいいや。

故郷に戻ってきた理由は一つ。物理的に健生と離れたかったからだ。

ここは彼の会社からは遠い場所だし、地元なので土地勘もある。

東京と違ってたくさんの仕事は選べないけれど、働き口も探せばある。

今のところは英語や、ＣＢＳと呼ばれる国際秘書検定の勉強を続けながら、次の就職機会を狙っていこうと考えている。

健生を忘れられる日が来たら、また東京に戻ってひっそりと働き始めてもいい。

勤める業界を変えれば、雲の上のセレブリティである彼とは、万が一にも再会することはないだろう。

志乃の人生を助けられるのは、志乃だけだ。少し休んだら、また立ち上がらなければ。

スマートフォンの新しい電話番号は、ほんの一握りの人にのみ教えた。

健生から送ってくれた手紙の返事には『お話しすることはもうありません』とだけ書いて、送った。

どうしてこうなってしまったのだろうと思うと、悲しくて、身体中が氷のように冷たくなる。

辛い過去に呑み込まれて気付いたらこうなっていた。

だが、健生の足だけは引っ張りたくない。

彼には出会った頃のまま輝いていてほしい。

勉強中にシャープペンシルを握っているだけで手が凍える。冷え性の志乃には、エアコンの効きがやや弱いようだ。

——もうちょっと温度上げようかな。今日は本当に寒いから。

そう思いつつ、こたつの中で手を温めていたとき、スマートフォンが鳴った。

『披露宴で受付をお願いした話なんだけど、あ、あの、来られそう?』

亜子からの電話だ。彼女は志乃が『宗石さん』という彼氏と別れ、実家のあった近所に帰ったことを知っている。

ものすごく気を遣っているのが分かって、いたたまれない。

親友には結婚式を楽しみにしつつ、幸せな気持ちで過ごしてもらいたいのに。

そう思いつつ、志乃はできるだけ優しい声で答えた。

「大丈夫、前日の朝から行って、式場の側のホテルに泊まるよ。手伝えること手伝うから心配しないで」

そこまで答え、志乃は身体を強ばらせる。

亜子と綿貫の式には、新郎の勤め先のCEOである健生も来る、と気付いたからだ。

しかしこれ以上、亜子に気を遣わせたくない。

志乃は明るい声を保ったまま言った。

「ドリンクにシャンパンの飲み放題があるんでしょ？　楽しみだよ」

『ちょっと……志乃が強いの知ってるけど、他のお客さんまで誘って潰さないでね？』

亜子の声も明るくなった。しばらく他愛ない話をして電話を切る。

だが、スマートフォンを置く前に、また電話がかかってきた。

亜子がなにかを話し忘れたのだろうと、志乃は特に発信者を確認せず電話に出た。

「はい、どうしたの？」

そういえば、着信画面に誰の名前も表示されていなかったな、と思ったとき、電話の向こうで低く艶のある声が響いた。

『こんばんは、宗石です』

予想もしていなかった声に息が止まりそうになる。

『突然連絡して申し訳ない。これから会いに行ってもいいか』

スマートフォンを持つ手が震え始めた。

なぜ、健生が志乃の電話番号を知っているのだろう。

「何のご用ですか」

内心の動揺とは裏腹に、ひどく冷静な声が出た。電話を切らなくてはと頭では考えているのに、健生の声がもっと聞きたくて、胸が掻きむしられる。心と身体が、彼の声ひとつでバラバラになっていく。

『志乃に謝罪したいんだ。仕事が出来なくなるような状態に追い込んでしまって、本当に申し訳なかった』

「え……あ……あの……」

目の前に熱い涙がにじむ。

まさか、一番最初にそんな言葉が聞けるなんて思っていなかったから……。

急に会社を辞め、長野に戻ったとき、同窓会で会った元級友たちも、近所に住んでいる綿貫の両親も『仕事なんてまたすぐ見つかるから』『似たような仕事はたくさんあるよ』『いっそ婚活しちゃえ』と励ましてくれた。

『ありがとう』と口にすることはできた。志乃が励ます立場だったら、同じようなことを言うだろうとも思えた。

けれど、志乃にとってあの仕事は、腰掛けとか、お金稼ぎのためと割り切れるものではなかった。

自分の人生を『自立した大人』として成立させるための大事なものだった。

健生はそのことを分かっていて、真っ先に謝罪してくれたに違いない。

——どうしてこの人は、私のことをそんなに分かっているんだろう。怖いよ、健生さんの、人たらし……。

志乃はこぼれた涙を拭い、電話を切ろうとしていた手を止めた。

やはり、志乃の働きぶりを一番見ていてくれたのは健生なのだ。

突き放そうとしていたはずなのに心が乱れた。

『俺と会って、話を聞いてほしい。さっき長野駅に着いたんだ。寒いな、こっちは』

予想外の言葉に、志乃の上半身がぐらりと揺れた。

唐突すぎる。行動力があって何事も諦めない人なのは知っていたけれど……。

——今日は金曜日だ。会社が終わって、新幹線に飛び乗って来たのかな。

志乃は慌てて、健生に答えた。

「あ、あの、今夜はかなり雪が降りそうです。もしまだ新幹線があったら、それに乗って東京に帰ってください。もう遅いから急いで」

『いや、終電はもうないみたいだ』

涙で目の前が霞む。志乃は声の震えを抑えて続けた。

「駅から私の家まではかなり遠いんです。もう路線バスも終わってますし、この辺、ホテルもないので……」

『それでも話に行きたい。さっきタクシー乗り場の人に聞いたら、このくらいの雪なら配車できるって言われたから、交通手段もある。大丈夫だ』

志乃は表情が歪むのをこらえ、涙を指先で拭った。

「来ないで」

『一度くらいチャンスがほしいんだ。一方的に振られても納得できていない。多少の情が残っているなら、俺の事情を説明させてくれ』

真摯な声音に、再び涙が流れる。健生がわざわざ訪れたということは、志乃と会っても会社に悪影響を及ぼす心配はなくなったのかもしれない。

志乃は片手で口元を押さえ、かすかに震える声で答えた。

「わかり……ました……待ってます……」

CEOからの告白を受け入れたことも、キャサリンに対して公私混同の感情を抱いたことも、愚かな選択だったのだと後悔した。分不相応な振る舞いだったと。

なのに、今日彼の訪問を許したことで、愚かな選択をまた一つ増やしてしまった。

――また何か迷惑を掛けてしまったらどうするの。私の、馬鹿……。

だが、心の奥底では、健生に会いたい、彼の顔を見たいと渇望しているのだ。

自分の愚かさを噛みしめながら、志乃はスマートフォンを置いて顔を覆った。どんなに切り替えようと思っても、何一つ変わっていない。

志乃は今でも彼が一番好きなままだ。

声を聞いたら、顔を見たくてたまらなくなった。殺したはずの気持ちが息を吹き返し、志乃の身体中に新しい血を巡らせた。

直に声を聞きたい、手に触れたいという欲望を押し殺し、志乃は立ち上がって、のろのろと部屋を片付け始める。

――寒すぎるから……外で立ち話は可哀相だし……。

自分に言い訳し、期待を押し殺しながら、志乃はひたすらに外の物音に耳を澄まし続けた。

チャイムが鳴ったのは、電話がかかってきてから、一時間ほど後のことだった。玄関に走って鍵を開けた志乃は、雪まみれの健生の姿に唖然とする。

「傘はどうなさったんですか?」

「会社を出てそのまま新幹線に乗ったから、持っていないんだ」

「駅で売ってますよ?」

「とにかく一刻一秒も早く君に会いたくて。だから傘を探す余裕がなかった」

健生が照れたように笑う。その顔は、優しくて何のわだかまりもなく、そして、志乃の記憶の中の彼よりもずっと痩せこけて見えた。

気まずい気持ちも、何を話そうかという困惑も吹っ飛び、志乃は慌てて洗面所からタオルを取ってきた。

「もしかして転びました?」

志乃は慌てて屈み、健生の膝に付いた泥水を拭う。

「途中の階段が鉄だから滑ってしまった。雪に慣れてないとダメだな、革靴を履いてきたから、靴底もグリップが利かなくて」

志乃のアパートは少し坂になった脇道の先にあり、吹きさらしの鉄階段を上らないといけないのだ。アパートの階段は雪が吹き込まないようになっているけれど、あそこは慣れていない人は危ない。

「はい、この靴だと、雪の日は危ないです。地元の人でも転んじゃいますよ……」

健生の悲惨な姿に、緊張感が薄れてしまった。よく見れば髪の毛も風でぼさぼさになっている。

志乃は思わず手を伸ばし、乱れた明るい色の髪を整えようとした。その手を、健生の冷たい手がぎゅっと握りしめる。

目を瞠った志乃に、健生が単刀直入に告げた。

「会社の問題は片付けた。MT&R社も無傷で済んでいる。だから、これからも俺と一緒にいてほしい」

突然、まっすぐに要求を突きつけられて、志乃は言葉を失う。

「アランダイン・グループの顔色をうかがわずに済むように、事業計画を見直し終えた。死ぬ気でやればなんとかなるもんだな……これで、君も何も心配せず、俺と一緒にいられるはずだ。そう思ってすっ飛んできたんだ」

やはり、健生は凄腕の経営者なのだ。

隙を見せた瞬間に直球で突っ込んできて、本題からずれるなんて許してくれない。

「俺と一緒にいてほしい、一生。お願いします」

深々と頭を下げられ、志乃は慌てて広い肩に手を掛けた。

「そ、そんな風に頭を下げないでください。私は、私の生まれのせいで……また同じことが繰り返されたら嫌です。健生さんの迷惑になりたくない。だから」

「いや、俺たちはお互いが、最高の『お守り』になれるはずだ」

健生が勢いよく身体を起こし、明るい笑みを浮かべた。

「……何の話ですか？」

お守りという単語がこの場にそぐわなすぎて、涙が引っ込む。

「だって志乃は、誰が見ても美人で頭が良くてしっかり者で、俺を完全に手なずけて尻に敷いてるだろう？」

「敷いてませんが……？」

何を言うのだろう。決して尻になど敷いていない。

「志乃がいれば、変な女は俺に寄ってこない。君のように綺麗で賢い女性が相手では勝ち目がないからね。それに志乃の出生に文句を言いたいヤツも『奥さん命』の俺がにらみを利かせているから、寄ってこない」

再び志乃の目に涙が溢れた。

やはり、健生は怖い。人の心を奪う力が、すごすぎる。

歴代の秘書やキャサリンが彼に激しい執着を示した理由もよく分かる。

側にいたら、惹かれてしまう。

彼と自分の人生を切り離したはずの志乃だって、再び、この美しい男に口説き落とされそうだ。

健生はどんなときも誠実で力に溢れている。

混じりけのない強い光のような人だ。

その光のまばゆさで、怯えて閉じこもる志乃を穴ぐらから引っ張り出してしまう。

「な？　お互いがお互いのお守りになれると思わないか？」

何も答えられない。次々に涙が流れて顎からしたたり落ちていく。

心のどこかで、『自分は健生の好意で一緒にいてもらっている存在なのだ』と思っていた。

もし健生に『宗石家の御曹司』として当然のお見合い話が来たら。

彼が宗石グループ本体の重役に任ぜられ、ＭＴ＆Ｒ社のＣＥＯの位を退いて、海外に長く赴任することになったら。

そうしたら、もう、そばにいられないだろうと諦めていた。

──私は、自分のことを『奇跡的に健生さんに気に入られただけの存在』だと決めつけていた。自分でも気付かない、心の一番奥で、勝手に……。

健生はずっと手を握っていてくれたのに、志乃は握り返していなかったのだ。

手を離されたら、そのときが恋の終わりだと勝手に思っていた。

だけどそれは違う。

志乃にも、健生の手を握り返す権利がある。

「お願いだ、俺と結婚してくれ」

健生が床に膝をつき、長身を折りたたむようにして深々と頭を下げた。

「この言葉を言いに来た。俺は君が好きだ。ずっと変わらない。振られても変わらない」

心を絞り出すような、愛の言葉だった。

志乃は、涙を拭い、座り込んで健生の肩を抱き起こす。

彼は志乃を対等な相手だと思ってくれている。生まれがどうとか、二人の関係は自分が優位だなんて、初めからこれっぽっちも思っていないのだ。

今更、そんなシンプルな事実を受け入れることが出来た。間違っていたのは志乃の方だったのだ。

──ごめんなさい、健生さん……。

緊張の面持ちで顔を上げた健生の目をじっと見つめ、志乃ははっきりと答えた。

「分かりました。秘書という形ではありませんが、私はこれからも健生さんを助けます。ただし、周囲の方々から『あの女は生まれが悪い』という苦情が来たとしても、今後は一切耳を貸しません。ふてぶてしい嫁だって言われそうだけど、構いませんか」

すぐ間近で志乃を見つめる美しい目が、強く輝いた。

「いい」

短い答えと同時に、床に正座していた志乃の身体が激しい力で掻き抱かれた。

「君に何か言う人間は、正式に俺の敵だ。俺が守る」

息も出来ないほどの強さで、広い胸に閉じ込められる。健生の身体は、志乃の記憶よりも、明らかに痩せていて、冷え切っていた。

離れていた間、健生にどんな思いをさせたのかと思うと、後悔がこみ上げる。志乃は健生の背中に手を回し、痩せた身体を優しく抱き寄せた。

「健生さん……冷え切ってますね……」

雪で湿った髪を指先で撫で、腕を解いてそげた頬を包み込む。

ぼろぼろになっていても、この人は何もかもが輝いていて美しい。ずっと私の心を捉え続けるだろう。そう思いながら志乃は、健生に微笑みかけた。

「こっちに来てください。寒いでしょう?」

言葉が終わると同時に、食らい付くように唇を奪われた。冷たかったはずの健生の身体に、突如、圧倒的な熱がこもる。

飢えを感じさせるほどに激しい求愛の仕草に、志乃は驚いて動けなくなる。へたり込んだ志乃の口腔をまさぐり、下ろした髪を指に絡める。

志乃は抗えずに、健生のコートの身頃を摑んだ。

――玄関は寒いでしょうって意味……だった……けど……。

不必要に煽ってしまったと気づいたが、今更遅い。

健生の舌が飢えた獣のように志乃の舌に絡みついた。短いはずなのに気が遠くなるほどのひとときが過ぎ、ようやく健生の唇が離れた。

「ああ、君の言う通りだ。ずっと寒かった」

健生は優雅に唇を拭い、志乃に微笑みかける。

「志乃が温めてくれるんだよな?」

「い、居間に行きましょうという意味です。玄関は寒すぎるので」

「……聞き間違ったままにするよ。温めてくれ」

優しく抱きしめられ、志乃の身体も火照り始めた。

――恥ずかしい……っ……。

耳までちりちりと熱くなってくる。頭に優しくキスされ、志乃はこくりと頷いた。

「服……湿っちゃってるじゃないですか……」

寝室にもつれ込み、お互いの服を脱がせ合いながら志乃はつぶやく。健生が冷え切っているのも無理はない。

「部屋の中に干しておけば乾くと思うんですけど」

言い訳がましく口にしながら、湿しい身体が纏うコートとジャケットを脱がせる。衣紋《えもん》掛《か》けにつるそうと背を向けると、健生が背中越しに抱きついてきた。

「ありがとう、志乃」

だんだんと、冷たかったはずの健生の身体が熱くなってくるのが分かった。耳にかり、と歯を立てられ、志乃は我に返る。

健生が来ると思っていなかったので、何の準備もないのだ。それに、長野に戻ってきてから、後回しにしてしまって婦人科にも行っておらず……。

「あ、あの……ごめんなさい、私、もうピル飲んでないんです……だから……」

志乃の身体が健生の腕の中で反転させられた。

「じゃあ、今日から、俺と子供作ろう」

「え、な、何を……！」

あまりのことに、志乃は一瞬のうちに真っ赤になった。

「嫌か？　俺は作りたい……志乃のこと、ずっと孕ませたかった」

最後に纏っていたブラとショーツを脱がせながら健生が言う。

「な、っ、何言って……っ……ん……」

一糸纏わぬ姿にされ、唇を塞がれて、志乃は思わず目を瞑る。

冷えた唇が、一気に志乃の理性と建前を剝ぎ取った。

──私も……この人が、全部ほしい……。

口づけられたまま、志乃は抗わずに唇を開く。手を握り合い、舌を絡め、薄く目を開けた。

視界の端に窓が見える。わずかに開いたカーテンの隙間から、時折真っ白な雪の粒が見えた。蛍光灯の光を跳ね返し、音もなく辺りを覆い尽くしていく雪。

まるで世界から隔絶され、二人きりになったようだ。

そう思いながら、志乃は唇を離し、背伸びをして、健生の首筋に抱きついた。

「いいですよ」

アンダーシャツを引っ張って脱がせ、健生をベッドに座らせる。スラックスと下着を脱がせた瞬間、志乃は健生の身体の下に巻き込まれていた。

何も言わずにキスされ、志乃は自分から脚を開き、背中に手を回した。

最後に抱かれたのはいつだろう。そんなに前ではないはずなのに、もう遠い昔のような気さえする……。

健生が身を起こし、志乃の腰を両手で掴んだ。

「入るかな……もう入れていい？」

志乃は頷き、羞恥のあまり、無意識に顔を手で覆う。空いた寝台の引戸から差し込む居間の明かりが、窓の外の雪と健生の肌を淡く照らす。

口づけで潤った秘裂に、硬い杭が押し込まれた。逸ったようにずぶずぶと沈み込んでくる。健生が身体を起こしたままだと気付き、志乃は顔を覆う手をずらした。

挿れられている瞬間を、全部見られているのだと気付き、思わず声を上げた。

「だ、駄目です、なんでそんなに……見て……っ……」

「見たかったから。ずっとぴくぴくしてるよ、気持ちいい？」

震える下肢を健生の視線に晒しながら、志乃はぎゅっと唇を噛む。

「気持ちいいから、こんなにしゃぶりついてくるんだよな？」

「……っ、そう……です……っ……」

漏れそうになる喘ぎをこらえ、正直に答えると、腰を掴む手が緩んだ。

健生が体勢を変え、ゆっくりと志乃に覆い被さる。

「志乃のこと孕ませるかもしれないと思うと、ものすごく興奮する」

「もう、やだ！　健生さん……っ！」

半泣きで抗議すると、健生が表情を緩める。

「仕方ないよ、本当に興奮するんだ……もうイきたくなってきた」

志乃の首筋に顔を埋め、緩やかに肉杭を前後させる。中で動かされるだけで、下腹部が快感に波打つ。

「ん……っ……そんなに、ゆっくりされると……あ」

わざとらしいほど遅い抽送のせいで、かえってお腹の奥が甘く疼き出す。志乃は思わず腰を浮かせ、自ら身体を揺すった。

「どうしたの？」

「な……なんでも……ない……」

答えるだけで息が乱れる。ぐちゅぐちゅという淫音に煽られ、ますます快感が高まった。太い杭を貪りながら、志乃は唇を噛んで快感を押し殺す。

「本当に何でもないの？」

からかうように問われ、志乃は真っ赤な顔で、縋る腕に力を込める。どうして恥ずかしいことばかり言わされるのか。

「……っ、もっと……はやくして……」

「嫌だ。志乃の中が気持ちいいから、もっと時間を掛けて味わいたい」

「あ、あ……いじわる……なんで……」

繋がり合っている部分が燃え上がりそうなのに、ずっと我慢させられるのだろうか。志乃は、引き締まった腰に足を絡めた。

「やだあ……っ、もっとして……っ……」

蜜口から快楽の雫を溢れさせ、志乃は半泣きで訴えた。

「わかった……ごめん、意地悪して。もっと泣かせたかっただけだよ」

「あ、あぁ、だめ……いやなの、いや……っ」

了解、とばかりに、額にキスが落ちてきた。咥え込んだ肉杭の硬度が増し、動きが激しくなる。

「ああ、一回じゃ終わらなそうだな……」

「なに……いって……あぁ……っ……」

雲行きの怪しい発言も咎める余裕がない。ずんと奥を突かれ、志乃の背中が反り返った。

「ん……！」

高まる官能に翻弄され、髪をかきむしりたいくらい感じた。本能が『おかしくなる』と訴えかけてくる。だが身をよじってもだえても、健生の身体は志乃を放してはくれなかった。

「ひ……も、もう、私……んぁ……っ……」

無我夢中で身体を揺すり、中を穿つものを食い締めて、志乃は健生に抱きついた。ふれあった胸は汗に濡れ、激しい鼓動を伝えてくる。

「中に出していい？」

低く甘い声に、下腹部がひときわ強く疼く。

「いい……お願い、いいから……ん、ふ」

すがりつく志乃を強く抱きしめ、健生が力強く突き上げてくる。そんなに奥まで入らない、と言いたいのに、もう何も喋れない。

「ああ、志乃」

健生の吐息にかすかな呻きが漏れる。

濡れそぼってひくつく蜜窟に、おびただしい欲情がほとばしった。志乃の身体は淫らな咀嚼音を立て、その全てを呑み込む。

汗だくで抱き合い、繋がり合ったまま、どのくらい経っただろう。

我に返り、ふと部屋の寒さを思い出す。

「健生さん、寒くないですか……？」

硬いまま中に収まったものを意識しつつ、志乃は恐る恐る尋ねた。志乃を抱きしめたまじっとしていた健生が、不意に顔を上げる。

「大丈夫。全然寒くないよ。むしろ、苦しいくらい熱い」

「えっ？」

抱きしめられたまま、志乃は目を瞠る。

「……治まらないな」

志乃に触れる腕が、ねっとりとした欲情を帯びたのが分かった。

色の薄い美しい瞳が、汗ばみ乱れた志乃の顔を映す。

志乃の本能が『また食べられてしまう』とか細い声を上げた。

「止められないんだ、ごめん。また、このましていいか？」

言葉の意味を理解した刹那、志乃の頬がみるみる熱くなる。

「あ、あの、いま、しました……けど……？」

「だから何？　孕んでくれるんだよな？」

「な、ちょっと……まっ……なんですかそれ……っ、あぁん……っ」

緩やかに中を擦られ、志乃の身体に再びねっとりした炎が灯る。健生に抱きついたまま、志乃は思わず、本音を口にしてしまった。

「健生さん、元気……すぎます……っ……！」

「そうかもな、志乃限定だけどね」

悪戯っぽく笑った健生にキスされ、志乃の抵抗が溶けていく。

「あ、やだ、あ……あぁ……」

再び身体が芯から蕩かされていく。吐き出された熱を貪欲に呑み込んだ器官は、健生の全てを搾り取らんと蠕動《ぜんどう》を始めた。

「だめ……もう……奥、そんなに……あん……あ、ぁ」

「やめられないって言っただろう」

抗う言葉は、汗ばんだ健生の唇でしっかりと封じられた。

逞しい腕に抱きしめられ、息を弾ませながら、志乃は愛する男に身体の全てを委ねた。


——あ……もう朝……？

肌寒さを感じた志乃は、次の瞬間はっとする。服を着ていない。下着もだ。

狂おしく甘い時間を思い出し、志乃は無言で頬を染める。

身体の至る所に、健生の名残を感じる。しっとりと潤った肌に手を滑らせ、志乃は部屋の隅に畳んでおいていたパジャマの上を羽織ろうとした。

そのとき、左手に違和感を覚える。

——なに……これ……。

薬指を取り巻くように、きらめく薔薇色の石が並んでいた。大粒で、石の向きもぴしりと揃っている。昔、気まぐれに買ったシルバーのファッションリングとは、作りも素材も明らかに別格の品物だ。

——虹色に光っている……綺麗……。

寝室から顔を出すと、健生が狭い台所に立っていた。志乃が冷蔵庫に入れておいたトマトを切っているらしい。火に掛けられた鍋からは、小麦の匂いと、香ばしいニンニクの香りが漂ってきた。

——健生さんのオリジナルトマトうどんだ。私の好きなやつ。

そういえば、泊まっていった日は必ず健生ががっつりとご飯を作ってくれて、嬉しかったことを思い出す。

美貌の御曹司で、カリスマ社長と呼ばれている彼が、古いアパートで真剣に朝ご飯の準備をしているなんて。他の誰に言っても信じないだろう。

——私が作るって言っても台所から離れないし、冷蔵庫にあるもので何でも作ってくれて……しかもそれが美味しすぎるから……。

スラックスにワイシャツ姿の彼が、志乃を振り返る。

そしてパジャマの上を羽織っただけの志乃を見て、健生は首まで真っ赤になる。劇的な反応に、なんだかおかしくなった。

——私の裸なんて、何度も見てるのに……。

不思議に思いながら、志乃は左手の甲を健生に向けて見せた。

「あの、これ……」

健生が包丁を置いて、赤い顔のまま志乃に歩み寄ってくる。

「うん、その格好、エロくて最高だ。これからも家で毎日見たいな」

言いながらパジャマの裾をめくろうとする健生の手を、志乃は慌てて払いのける。

「は、はいてないから駄目！」

「それがいいんだろう？」

「何言ってるんですか？　それよりこの指輪……あっ……」

尋ね終える前に抱きすくめられ、志乃は思わず頬を染める。

「志乃に似合うと思ってオーダーしたんだけど、予想通りだ。可愛いな……」

再びお尻に手が伸びてきて、志乃は恥ずかしいながらも抗うのを諦めた。

もしかしてこういうのをバカップルというのではないかと思いつつ、志乃は、きらめく指輪を嵌めた左手をかざして見せた。

「すごく、綺麗……」

「気に入った？　でも、君の方がはるかに綺麗だ」

健生の声が甘い翳《かげ》りを帯びる。陶然となりかけた志乃は、慌てて釘を刺した。

「だめ……！　えっと、あの……私、お腹空いてるので」

「じゃあ、まずうどんを食べて、そのあとに俺のことも食べてもらおう」

「言うと思いました、もう……！」

抗いながらも、志乃のお腹の奥は怪しく疼き出している。

身体中で彼を抱きしめる幸せを知って、どうやって忘れるつもりだったのだろう。忘れられるはずなど、なかったというのに……。

「だろ？」

健生は機嫌良く言うと、志乃の小さな手を取って微笑んだ。

「ああ、でも、本当によく似合っている。ようやく君の手に渡ったんだな、この指輪」

万感の思いがこもった声音だった。

薔薇と虹の色の光があふれ出す指輪と健生を見比べ、志乃は笑顔で言った。

「ありがとうございます、ずっと大切にします」

ニコニコしている志乃の額にキスをし、健生が悪戯っぽく言う。

「ところで志乃の家の冷蔵庫、酒ばっかりだったけど？」

「あっ……はい。なかなかひどいですよね。健生さんに見せる予定はなかったので気を抜いていました」

指輪の美しさにうっとりしていた志乃は、我に返って口元を覆う。健生は笑みを浮かべて、優しい声で志乃に言った。

「いや、予想通りだったよ。これは、今後も俺が美味いものを作るしかないなって覚悟を決めた」

健生が楽しげに笑い出す。志乃も一緒になって顔をほころばせた。

——一緒にいる方が、ずっといい……。

そう思いながら、志乃は、健生の胸に寄りかかる。誰に何を言われようと、もう離れない。自分と健生の気持ちだけを優先すればいい……。

——だって私は、健生さんに迷惑を掛けるだけの存在じゃない。お互い好きで、そうしたいから一緒にいるんだもの。

どんよりとのし掛かっていた過去が、ゆっくりと志乃から離れ、どこか遠くへと流れ去ってゆく。

雪の積もった寒い朝なのに、今日は、生まれて一番温かい日だと思った。

エピローグ

今日は、志乃と健生の結婚式の当日。都心の高級ホテルのチャペルには、健生が志乃のイメージで選んだ大量の花が飾られている。

薔薇も百合も鈴蘭もカラーも桔梗も素晴らしいが、健生は『志乃の方が美しい』という感想を抱いている。

志乃は『結婚式はしなくていい、記念写真だけでいい』と言っていたが、母が『志乃ちゃんの花嫁姿を見たいの。どうしてもお願い』と懇願し、親族と友人だけで、ささやかな式を挙げることになった。

――あっという間だったな、今日まで……。

志乃を東京に連れ帰ってすぐに入籍して一緒に暮らし始め、半年ほどが過ぎた。志乃は入籍したらすぐ仕事を探すと言っていたが、現在は主婦をしている。

だが、家にいても、志乃の有能ぶりは相変わらずだ。

健生が忙しすぎて心で泣いていると、的確にスケジュールを見直してくれて『あ、この飛行機ずらせるね。差額が出るけど。会社にはこの金額で再申請をしておいて』と手続きをし直してくれた。

朝、咳き込みながら出張に出掛けるときは『言い忘れたけど、機内用バッグの外ポケットに薬用のど飴入れておいたから！』とメールをくれたりもした。愚痴も適当に聞き流してくれるし、可愛いし、料理は下手……斬新だし、毎日志乃への愛しさが増すばかりだ。

――本当に、時々、好きすぎてどうしていいか分からなくなるな。

周囲に『家柄の釣り合いが』などと物申す人間はいたけれど、両親や兄弟は、予想通り何も文句は言わなかった。

結婚報告の時に言われたのは『おめでとう。自分で選んだ人生を生きるのが、一番幸せだよ。二人で力を合わせて頑張りなさい』と、それだけだ。

「志乃ちゃん、僕の秘書アシスタントに採用したいな」

父が、新郎を立たせたまま優雅にソファに陣取って微笑む。

志乃がお気に入りなのだ。へそ曲がりで見合いをせず、女運も壊滅していた次男が、ようやく連れてきた嫁が可愛くて仕方ないらしい。

花婿衣装に身を包んだ健生は、腕組みをして父に反論した。

「駄目です。もうすぐ子供が産まれるんですけど？」

あと半年弱で、健生は父親になる。

お腹の赤ちゃんは、時期的に、長野で再会した頃に授かったと思われる。

海外出張から帰った夜、サプライズで報告されたときは、驚きと喜びのあまり志乃の前で号泣してしまった。志乃の唖然とした顔を思い出すと恥ずかしい。

今でもたまに『突然わんわん泣かれてびっくりした』と笑われて、二度恥ずかしくなる。けれど、そのくらい嬉しかったのだ。

志乃は、お酒を飲めない以外は、全部幸せだと言っている。

昨日初めて、お腹の外から触っている健生にも、赤ちゃんが動いたのが分かった。撫でながら話しかけたら、ピクピクしていて嬉しかった。医者によると、性別は男の子らしい。無事に生まれてほしい。早く顔を見たい。きっと世界一可愛いだろう。

「時短勤務でいいよ。よし、じゃあさっそくスカウトだ」

「ですから休ませてくださいと」

「産後の話だよ、産後の話」

父は、志乃をいたく気に入っている。

元から優秀な人材が好きなのだが、本人と仲良くなってますますお気に召したらしい。

父に『健生さんの奥様はお生まれが……』とご注進に上がった取り巻きは『嫁ってのは

ね、息子と仲良くやってくれるならいいんだよ』と不機嫌に切り捨てられ、真っ青になってお追従を言っていたそうだ。

今後は、表立って志乃を批判する人間は現れないだろう。いても、気にせずに仲良く暮らすつもりだが。

「まあ……志乃は産まれたら仕事を探すって言ってますけど」

「そう、じゃ、また今度聞いてみようっと。さて、花嫁さんの支度は終わったかな」

立ち上がった父が鏡の前でネクタイを直し、うきうきと髪を整え始める。そして、くるりと健生を振り返った。

「良かったね、幸せになりなさい。今だから言うけれど、会社の件は音を上げて『お父様の七光りでどうにかして』って泣きついてくると思ってた。予想外に頑張ったな」

からかうような声音には、珍しく優しさがにじんでいる。

アランダイン・グループと宗石グループの取引は、無事に進んでいる。

キャサリンたちの父親、アランダイン・グループの総帥は『お招きに与ったにもかかわらず、娘が騒いで失礼した』とだけ言って寄越した。

キャサリンの訴えよりも、実利を取ると決めたのだろう。

ギルバートは予想通り、MT&R社を再評価し『僕も負けない』と仕事に夢中だ。キャサリンのヒステリーをうるさがって、本拠地を西海岸からニューヨークに移したとも聞いた。ギルバートに関しては、邪魔をしなければそれでいい。

キャサリンは、健生からのメールを受け取ってから、一度も連絡を寄越さなくなった。彼女を知るアメリカの知人からは、キャサリンの近況を聞いている。

自己愛を傷つけられた彼女は、健生を『敵』と見做《みな》したらしい。

『ケンは、私が他の女とは違う、特別な女であると理解できなかった。彼は可哀相で愚かな男なのよ』と批判しつつ、美容クリニック通いを欠かさないらしい。

彼女は『自分は特別ではないし、永遠に若い少女でもない』という現実を受け入れられず、それを指摘した健生の存在も切り捨てることに決めたのだろう。

だが、健生には関係ない。今後はマイホームパパとして妻子を溺愛しつつ、会社の経営も引き続き頑張るので、他人を気にする余裕はないのだ。

「ケン君にはこれからも無理難題をふっかけるけど、頑張ろうね」

「式の日にとんでもないことを言わないでください」

父の言葉を全力で却下したが、相手はどこ吹く風だ。

「じゃ、志乃ちゃんの花嫁姿を見に行こう。母さんと亜子ちゃんが、一緒にドレスの試着しに行ったんだよね？　まだ父さんは見てないんだ」

「さりげなく嫁の親友とまで仲良くなるの止めてくれませんか？」

「八年前心臓を悪くしてって亜子ちゃんに愚痴ったら、なんとかビオ……？　とかいう健康食を教えてもらったんだよ。この前、志乃ちゃんと三人でそのお店に行っちゃった。亜子ちゃんにはランニングに誘われたよ。歩くだけでも良いですよって」

――この人たらしめ……。

健生の内心の声など気付いた風もなく、父が新郎控え室を出て歩き出す。

少し離れた場所にある新婦の控え室からは、華やかな笑い声が聞こえてきた。

留め袖姿の健生の母と話をしていた志乃が、こちらを振り返る。

純白のドレスに純白のヴェールを纏った志乃は、とても美しい。様々な結婚式に出て、色々な花嫁を見てきたけれど……間違いなく誰よりも愛おしくて、美しかった。

「健生さん！」

志乃がドレスの裾をさばいて立ち上がる。今はグローブを外しているその薬指には、健生が贈ったカラーダイヤのエタニティリングが、婚約指輪として輝いている。

ジュエリー好きの母は、志乃の指輪を初めて見たとき、『まぁ、レッドダイヤ！　ピンクダイヤも。こんなにいいお石、ずいぶん頑張って準備したのね』と叫んでいた。

母は、宝石商の仲介者であるにもかかわらず『婚約指輪はお嫁さんが一番に見るものだから』と、仕上がりを確認せず、楽しみに待っていてくれたのだ。

母の言うとおり、指輪は健生の人生でも一、二を争う高価な買い物だった。

だが、構わない。志乃にふさわしい品だと思えるからだ。実際、この指輪は志乃の白く華奢な指によく似合っている。

健生は、清らかな志乃の姿を改めて見つめた。

ドレスがうまくごまかしてくれて、お腹の膨らみはほぼ分からない。すらりとした姿に見える。まるで、咲き初めた白い薔薇の花のようだ。

健生は志乃の髪型を崩さないよう、こめかみに口づけ、ふっくらしたお腹を撫でた。

ここに血を分けた我が子がいるのだと思うと、たまらなく嬉しくて、愛おしさで胸がいっぱいになった。

——志乃と子供と、これからは三人で家族としてやっていくんだな。

えもいわれぬ多幸感が、健生の胸にこみ上げる。

別れたあとも諦めなくて良かった。投げやりにならず仕事を追い続けて良かった。なりふり構わず求婚して良かった。

志乃に見とれる健生の口から、隠しようのない本音がこぼれた。

「君が綺麗すぎて、泣きそうだ」

心からの愛の言葉に、志乃はとびきりの笑顔で応えてくれた。

「健生さんこそ格好良すぎる。すごい、礼服、王子様みたい。どうしよう、素敵……」

「いや、志乃の方こそ世界一の花嫁だ」

二人の世界に没入しかけた瞬間、母の声が聞こえた。

「続きは神父様の前でお願いね。さ、チャペルに移動しますよ」

その言葉に、健生は志乃と微笑み合った。

あとがき

初めまして。栢野《かやの》すばると申します。

この度は、拙作『御曹司は我慢ができない　絶倫ＣＥＯがずっと寝かせてくれません』を手に取って頂き、誠にありがとうございます。

知力・財力・美貌を兼ね備えたお料理上手のＣＥＯに、真面目一辺倒の秘書が美味しく頂かれてしまうお話です。

激務多忙なヒーローが、激務の中で出会った気立てのいい有能秘書ちゃんを、人生のパートナーだと見抜いて、腹を決めてぐいぐい迫ってきます。

エロシーンをもっともっと追記で！　と改稿時にご指示頂き、全力で増量しました！　ヒロインちゃんは本当に寝かせてもらえません（笑）。

今回のお話は、八美《はちび》☆《す》わん先生にご担当頂けることになりました！　八美☆わん先生の描かれる男性は、本当に繊細で美しく、素晴らしいのです。ありがとうございます！

また担当者様には本当に多大なるご迷惑をおかけいたしました。ご指導頂き、誠にありがとうございます。

最後になりましたが、拙著をお手に取ってくださった皆様、本当にありがとうございました。またどこかでお会いできることを祈っております。

二人にはこれからもずっと
可愛いやりとりしてほしいですー

Illustration Gallery

キャラクターラフ

カバーラフ

別案カバーラフ

最高だ……君を抱ける日が来るな
ずっと好きだった
俺は、絶対に君を大事にす

Opal

御《おん》曹《ぞう》司《し》は我《が》慢《まん》ができない

オパール文庫をお買い上げいただき、ありがとうございます。
この作品を読んでのご意見·ご感想をお待ちしております。

ファンレターの宛先
〒102-0072　東京都千代田区飯田橋3-3-1
プランタン出版　オパール文庫編集部気付
栢野すばる先生係／八美☆わん先生係

オパール文庫＆ティアラ文庫Webサイト『L'ecrin《レクラン》』
http://www.l-ecrin.jp/

著　者――**栢野すばる**(かやの すばる)
挿　絵――**八美☆わん**(はちぴす わん)
発　行――**プランタン出版**
発　売――**フランス書院**
〒102-0072　東京都千代田区飯田橋3-3-1
電話(営業)03-5226-5744
　　(編集)03-5226-5742
印　刷――誠宏印刷
製　本――若林製本工場

ISBN978-4-8296-8396-5 C0193